新潮文庫

アムリタ

上巻

吉本ばなな著

目次

アムリタ 上巻

メランコリア

私はかなりの夜型なので、たいてい明け方になってから床につく。そして基本的に、午前中には決して目覚めない。

だからその日は例外中の例外だった。その日、というのは、竜一郎からはじめての宅配便が届いた日のことだ。

そう、その朝、私の幼い弟がいきなり私の部屋のドアをバタンと開けて、ものすごい勢いで私を揺り起こした。

「起きろ、朔ちゃん、荷物が届いた！」

私はふらふらと身体を起こして、

「何？」

と言った。

「朔ちゃんにでっかい荷物だ！」

彼は完璧《かんぺき》にはしゃいでいて、知らんぷりをして眠ろうものなら今にもベッドの上に乗って飛びはねそうだった。仕方なく私はしっかりと目を覚まし、階下に降りてゆくことにした。私にまつわりつくように、弟も階段を降りてきた。

キッチンのドアを開けると、母がテーブルについてパンを食べていた。コーヒーの良い香りがふっと流れてきた。

「おはよう。」

私は言った。

「おはよう、どうしたの？　早いのね。」

母は驚いたような顔をして、そう言った。

「チビがむりやり起こしに来たのよ。どうして今日幼稚園行ってないの？　この子。」

「熱がちょっとあるんだよ、僕。」

弟はいすにどすんとすわってパンをつかみながら言った。

「だからはしゃいでるのか。」

私は納得した。

「あんたも子供の頃、そうだったわよね。何はしゃいでるんだろう、と思うと、熱出してるの。」

母は言った。

「他の人達は？」

「まだ寝ているわ。」

「そうよね、まだ九時半だものね。」

私はため息をついて言った。寝たのは五時だった。突然起こされたので、頭がくらくらしていた。

「朝もコーヒー飲む？」

「うん。」

私はいすにかけた。正面の窓からまっすぐに陽が射《さ》してきて、久しぶりに浴びる朝の光は、体中にしみてくるようだった。そして朝の台所に立つ母の後ろ姿は、すっきりと小さくて、何だか新婚ごっこをしている高校生みたいに見えた。

母は実際にまだ若い、十九の時に、私を産んだのだ。つまり、母が私の年の時には、もう二人の子持ちだったということだ。おそろしい話だ。

「はい、コーヒー。パン、食べれば？」

カップを差し出す手も美しい。二十数年もの間、家事をしてきた手とはとても思えなかった。私はそういう母が好きだけれど、ちょっと気味悪くも思った。何か人よりもずるいことをして、年を取りそこねているような感じがした。

とりたてて美人でもないのに変に垢《あか》ぬけていて色っぽく、年上の男にめったやたらもてる女の子というのがクラスにひとりは必ずいるが、昔の母はまさしくそれだったらしい。十九の母と結婚した時、父は四十だった。そして私と、私の妹の真由が産まれた後、父は脳血栓で倒れて死んだ。

六年前、母は二度目の結婚をした。そして弟が産まれたが、一年前別れてしまった。夫と妻と子供、という定型を失ってから、我が家は下宿屋と化していった。

今、この家にいるのは母、私、弟のほかに、下宿しているいとこの幹子と、理由あって住むことになった母の幼なじみの純子さん、の五人だった。

おかしなバランスなのだが女の園ふうにうまくまとまっていて、私はこの形が何となく好きだった。弟がまだ小さいことが、まるでペットのように皆の心を和ませたり、ひとつにしたりしていた。

母には今回、珍しく年下の恋人ができたが、弟が幼すぎるのと、もう結婚に失敗したくないということで、当分結婚しないつもりのようだった。その恋人はよく家に遊びに来ていて、弟ともかなりうちとけているので、そのうち一緒に住むことはありうるだろうとは思えた。その日までは、このおかしな感じのバランスが続いてゆくのだろう。

生活していくのに血のつながりなんて関係ないらしい。

二度目のお父さんが住んでいた時もそう思った。彼は内気でやさしいいい人だったので、彼が出ていった時は淋しい思いをした。あの、人が一人家からいなくなった時独特の言いしれない憂鬱《ゆううつ》さ、重々しい空気の具合からなかなか逃れられなかった。

だから多分、ある程度人間ができていて、ある程度メンバーの秩序を保つことのできる人物（それは母だった）が中心にひとりいれば、同じ家に暮らしてゆく人はいつしか家族になってゆく、そんな気がしはじめていた。

そしてもうひとつ。

同じ家に長いこといなければ、たとえ血がつながっていても、なつかしい風景の一つとして遠ざかってゆくのだ。

妹の、真由のように。


コーヒーを飲み、固いくるみのパンをかじりながら、いつのまにかそういうことを考えていた。

テーブルと朝の光という組み合わせが、私に家族についてむやみに考えさせたのだと思う。

「さあ、由ちゃんはもう寝ましょう、風邪がひどくなるわよ。」

母は弟を部屋に押してゆこうとした。

「ところで、宅配便って本当に来てる？」

私はたずねた。

「ええ、玄関のところに。」

ドアを閉めながら振りむいて、母は言った。

私は立ち上がり、玄関の方へ歩いていった。

すると、陽にさらされた白木の床に、たて長の巨大な段ボールが、白い彫刻のように突っ立っていた。

はじめは花かな、と思った。

しかし持ち上げてみるとずっしり重かった。差出人は「山崎竜一郎」、千葉の旅館の住所が記されていた。旅先だ。

何だろうと気がせいて、私はその場でばりばりと箱を開けてみた。

手紙は入っていなかった。

なかからはただずっしりと、ビニールで厳重にくるまれたビクターの犬が出てきた。

ビニール越しに見てもなつかしい感じがしたそれは、そっとビニールをはがしてゆく度に、まるで海中から浮かびあがってくるように、目の前にせまってきた。つるりと古びた色彩で、あの切ない角度で首をかたむける、犬だった。

「あらまあ、かわいいこと。」

と言って私はまだねぼけまなこのままで立ちすくみ、ぐしゃぐしゃにしたままのビニールや段ボールのまん中にそれを置いたまま、しばらく眺めた。

朝の光とほこりの匂《にお》いの中で犬は、まるで雪景色の中にいるように清らかに見えた。どうしてビクターの犬なのかはわからなかった。しかしそれを例えば古道具屋の店先で見つけて、どうしても目が離せなくなった、そういう旅先の想《おも》いの切実さは伝わってくるような気がした。

そして、それは明らかに何かを語っていた。

どうしても私が聞きとりたい何か。

私はそれを聞こうとして犬と同じくらい真剣に首をかたむけ耳を澄ましたが、やはりわからなかった。

竜一郎は、妹の真由の恋人だった人だ。

真由は死んだ。

半年前に、車を運転していて、電柱に激突して死んだ。飲酒運転で、その上、大量の睡眠薬まで飲んでいた。

真由は生まれつきなぜかすごく顔立ちが整っていて、父と母と私の誰にも似ていなかった。別に私達が特別ひどい顔だというわけではないんだけれど、他の三人に共通している良く言えばクールな、悪く言えば意地悪そうなトーンがなぜか彼女にだけは全くなく、子供の頃なんかまるで天使の人形みたいだった。

その容姿は彼女に普通の人生を歩ませなかった。わけもわからないうちにスカウトされて子役モデルになり、脇役《わきやく》でTVドラマに出るようになり、大人になってからはそのなりゆきのおかげで真由は、芸能界を家庭として育つことになり、ずいぶんと前から家を出てしまっていた。

だから、忙しくて滅多に会えない彼女がノイローゼになって突然引退した時にはびっくりした。決して仕事がうまくいっていない風には見えなかったし、会えばいつでも元気そうにしていたからだ。

成長期の少女に芸能界が与えた影響は凄《すさ》まじかったようで、引退直前の彼女は顔もスタイルも化粧も服も、まるで独身男の妄想を女の形にしたみたいな状態になっていた。いくら芸能人でもそんなふうにならないひとはいくらでもいるのだから、真由はもともと向いていなかったのだろうと思う。自分の弱さを、出来合いの板で次々に間に合わせの補強をしてごまかしていくうちに、つぎはぎの自我が形成されてしまったのかもしれない。ノイローゼは、彼女の生命力の叫びだったのだ。

だから引退後の真由が男友達をすっかり整理して突然、竜一郎と暮らしはじめた時、真由は人生を白紙からやりなおすつもりになったんだな、と私は思った。

竜一郎は作家で、真由と知り合った頃はまだシナリオライターのゴーストをしていたという。真由は竜一郎の書くシナリオが好きで、彼が誰のゴーストをしていても見つけることができた。それで仲良くなったそうだ。

作家といっても彼は、三年前に長編の本を一冊出したきりで、その後、本は出ていない。しかし、珍しいことにその一冊はある種の人々にとってまるで古典のような感じで、今も静かに売れ続けていた。

その小説は、本当の心を持たない若者たちを描いた高度に抽象的で非常に濃密な内容で、本人に会う前に真由にそれを読まされた私は、こわくてこんな人には会いたくないと思った。狂人ではないかと思ったのだ。しかし会ってみると彼はごく普通の青年だった。そして私は、この人があの濃密な小説を紡《つむ》ぎ出すのには、彼の脳の中で大変な時間の凝縮が行われているに違いない、と思った。そういうあり方の才能だった。

真由は引退してから定職につかず、アルバイトをしながら彼と同棲《どうせい》していた。あまりにも長い間それが続いたので、私も母も、彼らが結婚していないことすら忘れてしまっていた。私はしょっちゅう、彼らの住むマンションに遊びに行ったし、彼らもしょっちゅう家に遊びに来ていた。そしていつも二人は普通に楽しそうだったので、どうして彼女があんなマネをするほどに酒だの薬だのにはまっていったのか、本当のところはわからない。

眠れないから飲む酒や薬や、陽ざしの美しい午後に冷蔵庫から出してくるビールなんて、さして異常だと感じられなかった。しかし言われてみれば、確かに彼女はそんなふうに、いつも何かしらそういうものを摂取しているような気がした。あまり自然にそうしていたので、気づかなかったのだ。

でも今になって、今、幼い頃の真由の、天使の寝顔のところから、あの閉じたまつ毛の長さ、何ものからも守りえないような弱々しい白い肌のところから思い起こしてみると、それは、芸能界に入るより、竜一郎と出会うよりもっと前から始まっていたのだと思えた。

しかし本当はきっと、そういうことがいつ、どこからはじまり、どこへ行きつくのかは誰にもわからない。笑っている本人の内側で心だけが、貧しくなる。どんどん虫食いに侵されていってしまう。

「単に薬を間違えたっていうことはないだろうか。」

真由が運ばれた時、病院の廊下で竜一郎は言った。状況はもう、絶望的だった。

「そうね。……若いのにね。」

と私は答えたが、

私も竜一郎も、となりでそれを聞いていた母も、実のところ少しもそう思っていなかった。そのことはまるで手に取るようにわかったが、不謹慎すぎて誰も口に出さなかった。

彼女が？

ひどく几帳面《きちょうめん》で、旅行に行くとき常備薬を別々のピルケースに日数分入れてゆくような、彼女が？

おまけに、その頃の彼女はもう人生を生き終えようとしている燃えかすのように、実際の年よりもずっと老け込んでいて、とてもまだ若くって、これからいろんなことがあるようには決して見えなくなってしまっていた。

〃助かるまい。本人も、助かりたいとは思うまい〃

身内ばかりだというのに、しかもみな彼女を愛していたのに、その考えは私達がすわっている冷たいビニールのソファーのまわりを離れず、まるで大声でくりかえしているように心に響き、病院の白く空《うつ》ろな壁にこだましていた。

母はしばらくの間、毎日のように目を真っ赤にしていたが、私はうまく泣けなかった。

妹のことで泣いてしまったのはただ一回だけだ。

それは〃ビクターの犬〃が届いてから二、三日後の夜のことだった。弟がいとこの幹子と一緒にビデオ屋に行って、「となりのトトロ」というのを借りてきた。二人が私の部屋にやって来て「一緒に観《み》ようよ」と言ったので、私は階下へ降りて行った。彼らには全く、悪気はなかった。しかも私はそれがどういう代物か全く知らず、クッキーだのお茶だのを用意した楽しいこたつに入って、二人と一緒に観はじめた。

はじまって五分もすると、私は「こりゃまずい……」と思った。

それは姉と妹の映画で、そのすべてのノスタルジーが個人の過去を超えた普遍的なイメージで、これでもか、これでもかと波のように押し寄せてきた。姉妹が二人共、子供であるとても短い期間、その時に目に映った風や光の至福の色がそのままに描き出されていた。

私はその時、実際に真由のことを思い出したりはしていなかった。

幼かったころ、家族三人で高原にいったことや、かやの中で怪談話をして寄りそって眠ったこと、真由の細くて茶色い髪の、赤ん坊みたいな匂い……そういうことを決して具体的に思い描いたりはしなかった。でも、それらが持つまるで強力なパンチみたいななつかしさに打ちのめされて、私は目の前が暗くなりそうだった。

もちろん、そう思っていたのは私だけだった。

弟は夢中になって口もきかずに画面を見つめていたし、幹子はレポートをやりながら横目で見ているような感じだった。そして時々普通に明るく話しかけてきたりした。

「ねえ朔ちゃん、糸井重里のお父さん、吹きかえが下手くそだよね。」

「そうねえ。でも合ってるんじゃないの？」

「そう、これが味ってもんだよ。」

弟が言ったりした。

だから私はその時、同じ場所で同じ映画を観て語り合っているのに、自分だけが徐々にシュールな異空間に分離してゆくような、おかしな感じを味わっていた。

そしてそれがふさぎこみよりもむしろ、明るい凝視の感じに留まっていたのはきっと、私がひとりで観ていたのではなくて、家族と一緒だったからだと思う。映画が終わって、私はトイレに行こうと部屋を出た。はじめのショックはもはや消えていて、ごく普通に「いい映画だったなあ」と思いながら、トイレのドアを開けた。

そこにはそういえば、ビクターの犬がいた。私の部屋には置き場所がないので、一階のトイレの置き物にしたのだった。

すわってビクターの犬を、その切ない傾きの角度を見ていたら、突然に、私は再び泣きたくなってきて、気づいたらもう泣きはじめていた。ほんの五分ほどのことだった。しかし、何が何だかわからなくなるくらい、世界がぐるぐる回るくらい強く泣いた。それは吐くのにそっくりな感じだった。私は息をつめて泣いた。いつも酔ったりラリったりしていて喜怒哀楽も薄くなってしまっていた晩年のあの、厚化粧の真由のためにじゃなくて、この世のすべての姉妹の失われた時間のために。

トイレから出てこたつに戻ると弟が、

「朔ちゃん長い、うんこした。」

と言った。

「そうだよ、悪い？」

と私が言うと、幹子が笑った。

やっと泣けて、それっきり私は泣かなかった。

それが、ビクターの犬が語りかけていたこと？


旅に出る前の竜一郎に一度だけ会ったのは、春近い夜のことだった。

私は少し前までOLをしていたが、上司とケンカしてクビになってしまい、とりあえずアルバイトをということで、行きつけの古びたバーで週に五日働いていた。

その夜は、不思議と長い夜だった。長くて、いくつもの断層に分かれ、しかしずっとひとつのトーンを持つ、印象的な夜だった。

私はバイトに遅刻しそうになり、夕方の街を店に向かってなりふりかまわず歩いていた。雨上がりの駅前は夜の水辺のようににじんだ光がちりばめられ、必死で歩く私はそのまばゆさにくらくらした。

道端にはしきりにそこいら中の人を呼びとめて「幸福とは何だと思いますか」と必死にたずねている人達がいた。私も何度か呼びとめられたが、

「知りません。」

と言うとその人達は巻き戻しのように上手に後ずさっていってしまうのだった。

しかしそのおかげで、急ぐ私の心には一瞬、幸福を想う残像がすーっと桃色の尾をひいた。幸福をうたういくつかの名曲のメロディーも、次々と心に流れたような気がした。

しかし、と私は思った。

決して届かないふうなところに、もっと強く金色に光るイメージがあって、みんなが本当に欲しいのはそれなような気がする。希望とか、光とかを全部集めたよりももっと強烈なもの。

それは、駅前で幸福についてたずねているとどんどん逃げていってしまい、お酒を飲みすぎるとぐんと近づいてきて、あたかも手に取れそうに思えるもの。

だからだろうか、と思った。そう言えば真由は幸せに貪欲《どんよく》で、不毛で、腰が重くて、裏表があって、根性がねじ曲がっていた。

すごいのはただ一点だけだった。

すべて忘れて尊敬してしまうような才能、それは彼女の笑顔だった。

営業用の笑顔のバリエーションを百も持っていた彼女がふと、何の目的も意図もなく無心に笑った時、その笑顔は欠点のすべてを帳消しにするくらい、人の胸を打った。

あの、唇のはしが上がって、目尻《めじり》が優しく下がるのと同じ速さで、雲がさあっと切れて青空と光がのぞくような甘い笑顔。

まぶしくて清らかで、泣かせるほど切なくて、健やかな天然の笑顔。

肝臓がすっかりやられて、顔色は悪くなりひどく肌が荒れていても、その威力は全く曇らなかったというのに。

墓の中に持っていってしまった。

言ってやればよかった。いつも毎回。息をのんで見つめていないで、口に出せばよかった。


せっかく必死でたどりついたというのに、店には客が一人もいなかった。カウンターの中で、マスターと、もうひとりのバイトの女の子が退屈そうに音楽を選んでいる最中だった。音楽が流れていないと店内はまるで海底のように静まりかえっていて、声が大きく響くような感じがした。

「何でこんななの？　金曜なのに？」

私が言うと、

「雨降ってたからなあ。」

とマスターが呑気《のんき》に言った。そこで私はエプロンをして、その不毛の仲間入りをした。私は客だった時もこの店に来るのが好きだった。

何と言ってもまず照明が暗いのでとても落ち着いた。手元が見えないくらいだった。店中がいつも、もう夕方なのにわざと明かりをつけずに待っているような様子だった。すいているのも魅力だった。テーブルもいすもバラバラでいろんな種類があり、そのどれもがもはや古びて妙な趣をかもし出していた。昔の中学校の教室のように油臭い木の床、茶を基調にした古臭いインテリア、思いきり寄りかかるときしんでしまいそうなカウンター。人が大勢いる時と、そのように静かな時とではまるで違う顔を見せる店というものの不思議を、私はぼんやりと見つめていた。

するとと突然ドアがバタン、と開き、

「やあ。」

と言って竜一郎がすたすた入ってきた。店員は一同皆びっくりした。私はやっとのことで「いらっしゃい」と言った。

「何でこの店、客が来るとびっくりするの？」

と竜一郎はカウンターにすわって言った。

「今日はもう誰も来ないってみんな心に決めていたのよ。」

私は言った。

「結構広いのにねえ、もったいないね。」

竜一郎は店を見回して言った。

「まれに混むときは混むのよ。それに、混むとこの店よくないし。」

私は笑った。

「他のお客さん来るまで、出てていいよ。」

マスターが言った。彼は三十代後半の趣味人で、店がヒマだと自分の好きな音楽を何べんでもかけることができるので嬉《うれ》しいのだ。

私はカウンターを出てエプロンをとなりに置いて、いつでもスタンバイできるようなサクラになった（結局、その夜はもう誰も来なかったのだが）。

とにかくその夜はそういう気だるい感じで飲みはじめた。しかも同じジャズのテープをエンドレスで聴きながら。

世間話の合間に彼はふと言った。

「それじゃあ幸福って何なんだろう。」

笑い話の一部だったけれど、私は一瞬ぎょっとして、

「もしかして今夜あなたも駅前でアンケートされた？」

と言った。

「何で？　何、それ。」

「幸福なんて言葉、人はしょっちゅう使わないでしょう？」

私は言った。グラスの中では澄んだ茶が氷の冷たい色に透けて、ゆっくりと溶けていた。私はそれを、じっと見ていた。心のピントが奇妙に何にでもうまい具合に合ってしまう夜がある。その夜がそうだった。もう酔いはじめていたのに、少しもそれが分散しようとしなかった。うす暗い店内と、靴音のように遠くから規則正しく寄せてくるピアノのメロディーが集中に拍車をかけた。

「いや、君たち姉妹は普通の人よりもその言葉の使用頻度が高かったと思う。」

竜一郎が言った。

「君が家に来た時なんか、二人で顔を寄せあって、小鳥がピーチクパーチクさえずるように幸福のことばっかりしゃべってたよ。」

「さすが作家、の表現。」

私は言った。

「第一、今の家族構成なんてアメリカ映画みたいだもんな。若いお母さんに幼い弟、いとこ？　と？」

「お母さんの友達。」

「でしょ。幸福について考える機会が人より多そうだよ。その年で幼稚園児の弟って珍しすぎるよな。」

「でも子供が一人家の中にいると楽しいし、みんな若がえるよ。うるさいけどね。毎日目の前で育っていく感じがして、すごく面白いよ。」

「しかし年上の女の人ばっかりに囲まれて、変な男に成長しそうだな。」

「きれいな男の子になるといいな。そうしたらあの子が高校生くらいになった時に……私は、もう、三十すぎか、いやね。でもそうしたらヒールはいて、サングラスとかかけちゃって、デートするの。それで、若い女の子を動揺させるの。」

「そうはいかないって。そういう奴《やつ》にかぎってマザコン小僧になるぞ。」

「何にしても楽しみだもん。子供っていいよ。可能性そのものだよ。」

「そうだよな、考えてみれば何もかもがまだこれからでしょ。入学式も、初恋も、性の目覚めとか、修学旅行とか……」

「修学旅行？」

「唐突だった？　俺、高校の時熱出して行きそびれたんで憧《あこが》れてるんだ。」

「旅行、行かないの？」

私はたずねた。

どうしてそんな質問をしてしまったのか、自分でもわからなかった。ただ、当然のことのように、心に浮かんできたのを咄嗟《とっさ》に口に出しただけだった。

「旅行か……いいなあ、行けるんだけどな。いつでも。」

竜一郎はまるで生まれてはじめて知った甘い、美しい単語を口にするように、うっとりとそう言った。

「昔ほど貧乏旅行しなくてすみそうだしなあ。」

「貧乏旅行は何か月も続けると体に悪いからね。」

私は何となくうなずいた。竜一郎は何だか突然何かに気づいて興奮したように元気になって、続けた。

「時々仕事で九州だの、関西だの行くだろ？……紀行文のアルバイトとかで、編集者やカメラマンと一緒にね。たいていは知り合いとのなあなあ仕事なんだけど。それでも一人でぼんやりと行くのとは違って、データーを集めたり、メモを取ったりしながら行くんだ。そうやって二日も三日も集中したまま旅を続けていると頭が冴《さ》えてきて帰りたくなくなるんだ。不思議と、このまま行く方が自然だと本気で思えてくる。別に大した責任もないし、家賃なんかどこからだって振り込める。身分証明のためにいつもパスポートを持ってるから、場所によっては外国だって行ける。貯金もある。このまま乗って行って、どこかで乗り継げば、それだけでそのまま行けるんだって、帰りの飛行機や新幹線の中でわくわくするんだ。その時、その場から新しい人生がはじまるような感じだ。必要なものを買い足して、洗濯はホテルのバスでやって、原稿はFAXで送ればいい。そう言えば誰かがどこそこは最高だって言ってたな、とかあの市の祭りはいつだったっけか、とか、どんどん想像が細かくなっていくんだよ。……ここまで考えて、こんなに楽しみなんだがどうして自分は行かないんだろうか、と思いつつ自分の部屋に到着してしまうのさ。帰りたいと思ってるのかね。」

「真由がいたからじゃない？」

「今はいないよ。」

「そうよね。」

その時私は突然、遠くへ行き、もう戻らぬ人のための送別会をしているような暗い気分になってきた。場所はいつものアルバイト先なのに、少し不安な暗さが漂っていた。切なくなったり悲しくなるのはこわかった。助けを求めようかとカウンターの中を見たが、マスターとバイトはさっきから何かを真剣に話し込んでいて、とても明るい冗談で話に加わってくれそうになかった。

「真由ちゃんって、旅行っぽい人だったよね。」

竜一郎がふいに言った。彼の方から真由の話を持ち出したのは、その夜、それがはじめてだった。

「旅行っぽいってどういうこと？　それが作家の使う形容詞でしょうか？」

私は笑った。

「今からちゃんと説明しようと思って言ったんだよ。」

竜一郎も笑いながら言った。

「あの子は仕事ずれしていて物事に対してかなりクールだったけれど、予測不可能なおかしな部分が純粋だったっていうことなんだ。そしてそこが彼女の魅力でもあった……。旅行ってのは不思議なもんでさ……っていっても俺は『人生は旅だ』とか『旅のつれ合い』とかそういうことを言いたいんじゃないんだが、二日も三日も同じメンバーでツアーをしていると、男女の別も仕事もないところで、疲れのせいか妙にハイになってくるだろ？　帰りの車内で別れがたくて、やけに陽気になったり、何を話しても面白おかしくて、こっちの人生の方が本物なんじゃないかと錯覚するくらい楽しかったり。そういうのって、家に着いてもそいつらの存在感がまわりに残像みたいに漂っていて、翌朝ひとりで目覚めた時、あれ？　あの人達は？　とねぼけて朝日の中で切なくなったりするだろ？　しかし、まあ大人は、それが過ぎちゃうから美しいっていうのを肝に銘じて生きてるじゃない？　真由は違った。それを一ぺんでも感じたら、責任持って続けなくちゃいけないと思い込むような不器用さがあった。しかも、あらゆる好意の中で、その感じこそが恋だと思っていた。俺が定職についていなかった分、外界というものに真由ちゃんの思いが占める割合が大きかった分、彼女は恋だと思い込んでいたような気がするんだ。結婚しましょう、とか、二人で何がしたい、とか将来のことはひとつも言わなかった。彼女には未来はなかった。ツアーだけがあった。かえってこわかった。……自分まで何だか彼女の『不老不死』みたいなものの流れに巻き込まれるようで。」

「それは、真由が仮にも映画女優だったからだよ。」

私は言った。このことに関しては、真由が死んだときずいぶん考えたので。

「監督やスタッフ、キャスト。ある一定の期間に、ある一定の目的を持って、全く同じ顔ぶれで一緒にいるでしょう？　昼夜の区別なく、疲れはてて、集中して。家族より、恋人よりもっと深いところで密着して。物理的にも精神的にもね。でもそれは一つのシナリオのための集まりで、クランクアップするとぱっと解散してしまう。そして、それぞれの日常に戻っていく。後に残るのは、その日々の残像としての映像だけ。試写を見るときさっと、一つ一つのシーンにその日々を追体験する。でも、もう二度とない。それは多分人生そのものの縮図なんだろうけど、ふつうに暮らしていればそんなに感じなくていいものだから。真由は多分、酒や薬に中毒していたわけじゃなくって、その出会いと別れの強烈なサイクルに中毒してしまったのかも。」

「そうか、それじゃあ君達は中毒系の姉妹なんだな。」

竜一郎は笑った。

「私は違うよ。」

びっくりして私は言った。

「死んじゃうほどにはそんなこと、信じてないもの。」

「そうかそうか、そうだよな。タイプが相当違うもんな。」

彼は言ったが、私はちょっと考え込んでしまった。

本当にそうだと言えるだろうか。

紅茶にマドレーヌをひたして食べて、過去の至福にトリップするような人間でないと言えるか？

今の生活を、あの同居人達をひとときのツアーと思っていないと言えるか？

でも、よくわからなかった。わかろうとするのは危険だと思った。こわかった。

つきつめすぎれば、私も、誰もが、真由になるのかもしれないから。

二時になって店は終わり、後かたづけをして外へ出た。雨はすっかりあがって星が出ていた。かすかに淡く春の匂《にお》いがする、肌寒い夜だった。コートの薄い生地を通して、甘い夜風が体を包み込んできた。

お疲れ様、と解散して、竜一郎と二人になった。私はたずねた。

「タクシーでかえる？」

「それしかないだろ。」

「じゃあ、私を落っことしていってくれる？」

「いいよ、通り道だ……待てよ、君んちに俺の本行ってないか？」

「何？」

「昨日から捜してんだけど、ないんだ。何だか突然読みたくなってさ、近所の本屋に行ったんだけどなくってさ。きっと真由の本に混ざってそっちに行ったんだと思うんだ。『流れよわが涙、と警官は言った』、フィリップ・K・ディックの。文庫だから別にどうでもいいんだけど、あるんなら今、寄って取ってった方がはやいだろ？」

「……どういう筋か、知ってるの？」

私はびっくりしてたずねた。

もう暗い影になった街並の中、夜のタクシーが河のようにカーブを曲がって次々にやってきていた。闇は季節の変わり目の暗いみずみずしさをたたえ、吸う空気の中にも夢のような透んだ香りをたくさん含んでいた。

答えは、予想に反してあっさりかえってきた。

「いや、ずいぶん昔に読んだんで、彼の他の作品とすっかり混ざってしまってさっぱりおぼえていないんだ。知ってる？」

「ううん。」

私は言った。そう、と言って彼はタクシーをひろった。

家はもう真っ暗だったので、私は竜一郎を連れて忍び足で階段をのぼり、私の部屋へ直行した。

真由の本はみなとりあえず私がもらっていて、まだ全然整理していなかった。文庫本はベッドのわきにまとめて四つもの山になっていて、ほとんどカバーがかかっていた。

「ちょっと待ってて、この中から本格的にさがすから。」

「手伝おうか？」

「いいわ、その辺にすわってて。」

背中を向けて、本の山に向かいながら私は言った。

「何か音楽聴いてていいかい？」

「いいわよ。そこにCDもテープもまとめて置いてあるでしょ。好きなの選んで。」

「O・K。」

彼は私の後ろで、カシャカシャと音をたてて音楽を選びはじめた。私は安心して、一冊一冊カバーをめくって捜しはじめた。

実は私は、その本を読んだことがあり、あらすじを克明に覚えていた。だが、とても言う気になれなかった。ある警官の美しい妹がドラッグ中毒で、おかしな薬を飲んで事件をおこし、哀れにも死んでしまう話だった。その人物のイメージも真由そっくりだった。

とぼけていたんじゃないとしたら（そうじゃないのはわかっていた）、彼はきっと、泣きたがっているんだ。

私は思った。

泣きたいのに泣けなくて、無意識のうちにそういうきっかけを捜したり、選びとったりしているんだ。

何とつらい。

それにしたってあんまりにも内容が露骨すぎて気まずいから、その本は見つからなかったことにしてあげるべきかな……と悩んでいたら突然、後ろのスピーカーからざわめきが聞こえてきた。

弦を合わせる響き、人々の声、BGMの割れた音色、グラスの触れ合う音。

「何。これ?」

私は本を捜す手を止めずに、大声でたずねた。彼はカセットケースのタイトルを、無心に読みあげた。

「うーんと、『'88 4月 バンドオムニバス』って書いてあるだけだよ。ライブ録音だろ? 俺、これ行きたくて行きそびれたんだ。この後すぐに解散しちゃった××っていうバンドが好きで……」

とかなんとか彼は話し続けたが、私はその時、ある感慨にとらわれていてすでに彼の声は耳に入っていなかった。

〝同調した。もしくは読みとった〟

そうしている間にもテープはどんどん進み、私の、声にならない声はどんどん大きく疑問をふくらませていった。なぜだろう? なぜ見つけた? 私でさえこれがあったことすら忘れていたのに。

その後、私の心に起こった微妙な選択の波、幾千もの思いに満ちた決断の断層をうまく表現できるだろうか。いけない、今止めればごまかせるということと、この本といい、あんなに沢山ある私のテープの中から、偶然にもたった一本しかないそれをわざわざ選び出したことといい、彼の心の奥底に潜む嘆きがそんなに叫ぶのなら、聴かせてやるべきなのかもしれない、というこころがひらめきのように錯綜《さくそう》した。

千々に乱れる親切と意地悪、それよりももっと深い親切と意地悪、メロドラマとノンフィクション、いろんなものが混じり合って動きがたくなり、ロマンチックにもなんと、聴かせてあげる方へ傾いた。

あるカップルの終焉《しゅうえん》を天上から見守るマリア様のような切ない決断だった。

そのテープは、聴きはじめてしばらくするとざわめきの中に、知っている声がふいに入ってくる。

「お姉ちゃん、これどうすると録音になるの？　これでいい？」

真由だった。

この日真由は突然私を呼び出して、来るはずの竜一郎が来れなくなったから録音機器を貸してくれ、と言った。私は仕方なくライブハウスに出向いた。二年前、真由はまだ元気だった。少なくとも好きな音楽を録音したいと思うくらいには。そしてそれは、真由の声がほんの少し入っている、たった一本のテープだった。

開演前のひととき、真由はそうして私に話しかけた。照明は落ち、ライトはステージを明るく照らし、人々はぼそぼそと話し込みながら開演を待っていた。

そして私の声。

「いいのいいの、赤いのがついてるでしょ、RECって。このままでいいの。」

「うん、ついてる。ありがと。」

真由が言う。そのなつかしい声。よく通る高い声。まるで価値あるもののように余韻を残す。

「でもお姉ちゃん、本当にテープ回ってる?」

「大丈夫、もう、さわんない方がいいよ。」

「心配性よね。」

真由はテープを見たままうつむきかげんにちょっと笑った。暗がりですっかり影になっていたが、それはあの笑顔、ただ微笑《ほほえ》みのためだけにあるすぐれた微笑みだった。

「その心配性は母ゆずりなのね。」

私が言い、真由が下を向いたまま、

「最近、お母さん元気？」

と言った。激しい拍手と、歓声。

「あ、はじまるはじまる。」


その時、真由は夢のようにゆっくりとステージを見上げた。

今まで彼女が出たどの映画よりも上手な角度で。

横顔だけが、太陽の光を浴びる月のように青白く輝いて、闇《やみ》に浮かび上がっていた。瞳《ひとみ》は夢見るように見開かれ、おくれ毛は銀色にふるえ、尖《とが》った小さな耳はすべての音を聞きとりたいという清らかな望みに澄まされていた……。


やがて音楽がはじまり、私ははっと「今」にかえった。竜一郎が言った。

「よくも聞かせたな。」

振り向くと彼は、泣いていなかった。ただ優しく目を細めて苦笑していただけだった。

「知らなかったのよ。」

私はその夜二度目のうそをついた。それでやっと緊張が解けて、時間の流れがもとに戻った。私はまた背を向け、本を捜した。

その夜、ひとりになって彼は泣けただろうか。

本が無事見つかったので、じゃあせめてお茶でも、と私達はまた静かに階段を降りていった。しかしそっと台所のドアを開けるとなんと、母と純子さんがテーブルについていて、ランプの明かりの下でビールを飲んでいた。私はびっくりしてしまい、

「何で？　さっきから起きてた？」

と言った。

「ずうっとここで、話し込んでしまっていたのよ。」

純子さんが笑った。純子さんは母の古い友達だが、性格は母と正反対で、おっとり、のんびりしていて優しい感じのひとだ。そして夜中の台所のランプの灯に照らされた彼女の丸顔はいつでも、子供の頃に聞いた童話のようなムードをにじませていた。

「あんた達がこそこそ入ってきたのも聞こえてたのよ。見たら男の靴があるし、もう二時間も降りてこなかったら、一生からかえるわねって言ってたのに、十五分で降りてきて、相手は竜ちゃん。色気ないわね。」

母はいかにも母らしいことを言って、笑った。

「二人ともここにすわれば？　ビールでいいの？」

それで私達は四人でテーブルを囲み、ビールを飲みはじめた。おかしな感じだった。

竜一郎が言った。

「貸してた本を返してもらいに来たんです。もうすぐ旅に出るもので。」

「旅？」

母が言った。彼が真由を失ったのをよく知っていた。

「そうなんです、当てもなく、しばらく行ってこようと思って。」

竜一郎は陽気な調子で（わざと）言った。

「やっぱり、小説を書く人って、そうやってひとり旅をしたりして、いろいろ取材をなさったりしているのね。」

純子さんは感心したように言った。

「そんなところです。」

竜一郎は言った。

いろんなことをごまかすように、私はそれに続けた。

「いや、そんなことよりもこんな真夜中に、お母さん達がどんなことを話しているのかっていう方が、よっぽど興味はある。何なの？」

「からかわないでよ。これからのこととか、いろいろと深刻に話し込んでいたんだから。」

と純子さんは静かに微笑みながら言った。

純子さんはまさに、離婚の訴訟中だった。彼女には小さな娘が一人いて、その子は今、夫と夫の恋人が住む家にひきとられていた。純子さんは娘と共に暮らしたくて、そのことでもめ続けているのだった。夫が娘を手離したがらず、純子さんだけでは経済的に不安定で、娘は二人の間で板ばさみになっていた。そんな状況で一人住まいだと気がめいるからいらっしゃい、と母が呼び寄せたので、純子さんは私の家に身を寄せていた。竜一郎は当然、その事情を知っていた。

「そうそう、そうしたらいつのまにか恋の話とか、こんな男がいたらなあ、とか果てはこんな人と結婚したいとかに話が及んじゃってさあ、バカみたい、いい年して私達って高校生の時と一ミリも変わらないわね！　とか言ってたところだったのよねー。」

母がくすくす笑いながら言った。

「そうなのよ、お互いの家に泊まりっこしては夜通し、今と全く！　同じようなことを話したわねって。」

純子さんもおかしそうにそう言った。

「ああ、だから二人ともお若いままなんですね。」

竜一郎がしみじみと言い、二人はおせじ言っちゃって、とまたくすくす笑ったが、私は、ああ、これこそが作家の感想である、といたく感心して竜一郎の横顔と、華いで笑う二人の中年女を見ていた。ランプに照らされた二人のつるつるした笑顔は日常に見せるそれとは全く違って、本当に時間をこえてここにいるように若く、希望に満ちていた。

真夜中の台所、秘密の談合。ひそひそと語り、笑いさざめき、夢を語りながら若返ってゆく女達。

その人達と住む今の私の位置。何だこれは、と私は思った。すばらしいおとぎ話なのか悪夢なのかわかりかねる。


「じゃあな。」

門のところで竜一郎が言った。

三人で見送りをした。

「気をつけて。」

「いってらっしゃい。」

「がんばってね。」

口々に言って、手を振った。手を振りかえす竜一郎の青い軍手が、闇によく映えてまるで蛍のようだった。

竜一郎から見た私の家の門は、三本の花々が揺れているみたいに明るかったろうか。

しばらくして彼は旅立った。

電話をかけたら留守番電話が、

「旅行中です。メッセージをどうぞ。」

と告げるだけだった。

その番号はかつて真由があの金の笑顔で、

「あ、朔ちゃん？」

とラリっていればいるほど明るく出た番号だった。

病院、薬。薬局で買えるやつ、買えないやつ。酒、酒屋にいけばいくらでも売っている、あらゆる国のあらゆる酒。

いつのまにか真由のそんなタッチに、慣らされていった。

あんまりおいしそうに飲むので。

これが普通だと言わんばかりに、まるでエネルギーそのものを摂取する演技をするように、その細いのどを鳴らして美しい横顔で、鮮やかなタイミングで飲むので。

つい三日ほど前、りんごが来た。宅配便シリーズの第二弾だった。

家に戻ってきて玄関をあけたら、いきなり弟がりんごをかじっていた。そしてその弟の横には、みどり色の段ボールがどっしり置いてあり、中にはあふれんばかりの真っ赤なりんごと茶のおがくずが、まぶしいような色彩で入っていた。あたりには甘ずっぱくみずみずしい香りが漂っていた。

「どうしたの？　それ。」

私はたずねた。

「東北のほうから来たんだよ。」

弟は言った。

階段から母と純子さんがとんとんと降りてきた。純子さんは大きなかごを抱いていて、

「居間にも飾ろうと思って、かごを捜してきたのよ、沢山来たわよ、りんご。」

と微笑んだ。母は言った。

「竜ちゃんは今、青森にいるのね。」

「青森か――。」

私は言った。


竜一郎は今ごろ、あの悲しい文庫本を持って、どこの空の下にいるのだろうか。

次はどこから、何を送ってくるのだろう。

遠い風の音や、海の香りと共に。

そして私は今、ひとつの予感を持っていた。

こんな旅を続けているうちに、彼はいつか物だけでは語りきれない何かを、手紙に書くようになるだろう。なぜなら彼は作家だから。そして今の彼にとって、あの夜以来、あて名は私でしかありえない、そんな気がする。

その作品を、私は待っている。

それはきっと、子供の頃のクリスマスの朝によく似ている。

目覚めた瞬間の、白く真新しい期待の感じ。そして次の瞬間、枕元《まくらもと》に色とりどりのリボンがかかった、両親からの贈りものを見つける。あたたかい部屋、冬休みの到来。決してロマンチックなことではない。赦《ゆる》しの、象徴。

そこに記されている答えのようなもの、妹を失ったことを埋める、ぴったりの形をした言葉。きっとビクターの犬や、箱いっぱいのりんごによく似たことを表現するだろう言葉。

それは彼にしか紡《つむ》ぐことができない。

見ればきっと救われる、私はそれを切に待っているのだ。

アムリタ

1

何かあまりにも強烈な体験をすると、目の前の景色ががらりと変わってしまうという話はよく聞くけれど、私の場合のこれは、そういうことではないのではないかな、と時々思う。

わかっている。今や私は何もかもを思い出し、出生からの二十八年間、若林朔美としてのあらゆるエピソードや、家族構成、好きな食べ物、嫌いな事がら、私が私であるためのそういった要素を、まるで物語のように回想できるということだ。

物語のようにしかできない。

だから、本当のところあの小さな事件の前に、私が自分の人生にどんな感想を持っていたかなんて、知る術《すべ》はない。あるいは昔からこんな風に思っていたのかもしれない。どうだったんだろう。

降りつもる雪のように、ただ過ごしてきた月日だったのだろうか？

私は自分と自分との折り合いをどうつけていたのだろう？

髪をばっさり切ると、他人の対応が少し変わるから、自分の性格も微妙に変化する。

……というのもよく聞く話だけれども、手術のときにいったん丸坊主になった私は、冬をむかえた今、ようやっとかっこうのついたショートカットになっている。

家族や友人が、口をそろえて言う。

「朔ちゃんのそんな髪型見たことないんですごく新鮮、別人のようだ。」

そう？　と微笑《ほほえ》みかえして私は、後でこっそりアルバムを開く。確かに私がいる。長い髪で、笑っている。あらゆる旅先、あらゆる場面。全部覚えている。この時の天気はこうだった、実はこのとき生理痛で、立っているのがやっとだった……とかね。だから、これは私で、ほかの誰でもない。

でも、ぴんと来ない。

不思議な浮遊感だ。

こんな変な精神状態でも常に『私』を営み、疲れを知らず回り続ける自分に拍手を送りたい。

私の家には今、母と、私と、小学校四年の弟と、居候《いそうろう》をしている母の幼なじみの純子さんと、大学生のいとこ、幹子がいる。私の父は昔に死に、母は再婚し、離婚した。つまり、私と弟の由男は父親が違う。由男と私の間には本当は真由がいた。私と同じ父親を持つ妹。芸能人だったが引退して作家と暮らしていて、やがて心を病んで、自殺のように死んだ。ずいぶんと昔のことだ。

私は週の五日、ウェイトレスをしている。夜の部で、酒も出しているが、決していかがわしくない古いタイプの小さな店だ。昔マスターがヒッピーをやっていて、学園祭みたいな内装の、よくある店だ。暇なときは昼間、友達の会社の事務をしたり、まあいろいろだ。死んだ父はまあまあ金持ちだった。私は、お金があることを、こうして遊んで暮らせることを、どうにかしてうまくかっこよく思えるような生き方をずっと考えていた時期があったような気がする。無意識にだけれど、ずうっと。そして、気づいたらお嬢様というわけでもなく、反抗期のままでもない変な位置を得ていた。私は私の人生が本当に気に入っていて、申し訳ないくらいだ。こんなの気の持ちようにちがいないから、頼むからみんなもそう思ってほしい、とたまに心から思う。

ある夜、バイトを終えて夜中の三時に帰ってきたら、母が眉《まゆ》をひそめて台所のテーブルに坐《すわ》っていた。

私に何か話があるとき、母はよくそこにそうしている。古くは、再婚するときなんかがそうだった。嬉《うれ》しさで口がむずむずしているくせに、無理に深刻さを装《よそお》っていたあの日の母を思いだす。最近は何でも純子さんとしゃべっているようなので、そういうことは久々だった。

弟のことだな、と直感した。彼はちょっと変わっていて、学校でよく話題になるらしい。真由が死んでから、子育てというのは母にとって永遠の呪縛《じゅばく》となったようだった。母のことを思うと少し悲しい。母は、時々自分の人生をあまり好きでないようだからだ。

同じ家の中で私がこんなふうに浮かれ暮らしているのに、母がつらそうだと悲しい。

「何かあった?」

私はたずねた。

家中がもう寝静まっていて、台所は暗く、流しのところにある小さな蛍光灯だけがついていた。その下の母は、まるでポートレイトのように白黒に見えた。きつい形の眉と唇に、濃い陰影が宿っていた。

「ちょっと坐ってよ。」

母が言った。

「うん、あ、コーヒー飲む？」

私が言うと、

「淹《い》れてあげる。」

と母が言って立ち上がった。私はぎぎ、と音を立てていすを引き、どさっとすわった。立ち仕事なのですわると突然がくっと力が抜ける。腰のあたりの疲労がじわっと全身に広がるのがわかる。

深夜の熱いコーヒーは、何か懐《なつ》かしい気がする。何でだろう？　子供のころを思い出す。子供のときは飲まなかったはずなのに、初雪の朝や台風の夜のように、訪れる度に恋しい。

母は言った。

「由男ったらね。」

「何？」

「小説家になるって言うの。」

初耳だった。

「そりゃまたどうして。」

私は言った。だいたい弟はまったくの現代っ子で、収入がいいからとか、ドラマで見てかっこいいから商社マンになると大まじめに言うようないやなガキだったのだ。

「あのねぇ……神様が夢枕《ゆめまくら》に立ったんですって。」

母が言った。私はぷっと吹き出してしまった。

「そういうの、今はやってるからね。」

笑いながら私は言った。

「子供の言うことだよ、放っときな。」

「少し様子も変なのよ。」

母は深刻なままだった。私は言った。

「どっちにしてもね、しばらく黙って見てたほうがいいのかもよ。」

「あきちゃうかしら。」

「だって、だいたい小説家の何がいけないのよ。」

「何となくね。」

「うち、男の子初めてだからね。育ってくの見るの。」

私は言った。

「真由が死んで、おまえが頭を打って、次がこれ。何も問題がない時ってないんだなって、そう思うわ。」

　母は言った。

「何かが取り憑《つ》いたみたいに、原稿用紙を埋めているのよ。あの子。」

「変な奴《やつ》。」

　私はうなずいた。〝母が灯台としてあまりにこうこうと明るすぎるから、通りかかる船はみな混乱し、さまざまに奇妙な運命が寄ってきてしまう〟

というのを直感的に知っていた。ある種の魅力は、その存在のエネルギー自体がただひたすらに変化を求めるのだと思う。そのことに母はうすうす気づいていて、傷ついている。だから言葉にしない。

「きっと、家中に何かが起こって、三島由紀夫の『美しい星』みたいになるのよ。いいじゃない、楽しくって。」

　私はそう言ったが、ある意味でこれは当たっていたことを後に知ることになる。

　母は、笑った。

「明日あたり、私が由男にインタビューを試みてみましょう。」

「そうしてみてよ、私の心配がわかると思うわ。」

「そんなに変なの？」

「まるで別人よ。」

と母はうなずいたが、さっきよりずっと明るい顔をしていた。この程度でいいんだと思う、人なんて。

一人でいる夜中の台所は思考が永遠に立ち止まる地域だ。そこに長居をしてはいけない。母を、妻を、閉じ込めてはならない。殺意も、すばらしいボルシチも、キッチンドランカーもそこから産まれる。家を司《つかさど》る大いなる場所で。

人間が、今ここにあるこのしっかりした塊が、じつはぐにゃぐにゃに柔らかく、ちょっと何かが刺さったり、ぶつかったりしただけで簡単に壊れてしまう代物《しろもの》だというのを実感したのは、最近のことだった。

こんな、生卵みたいなものが今日も無事で機能し、生活を営み、私の知っている人々、愛する人々、みんなが今日も自分をたやすく壊してしまう数々の道具を扱いながらも無事に一日を終えていることの奇跡よ……と思いはじめたらその考えが止まらなくなった。

私は今でも知り合いが死ぬ度に、周囲の人の嘆き悲しみを目撃する度に、こんなひどいことがこの世にあるだろうかともちろん思うがその反面、それにしてもいままでそこにいたことの奇跡に比べたら仕方ないのかも……と、思う。そうするとまるで、生きながらにして停止してしまいそうな気分になった。

宇宙だとか、知り合いだとか、知り合いの父母、その又知り合いの愛する人々。無限の数に、無限の生死。ぞっとする数値。ここで見ていよう、限りなく永遠に近いその数を。

ここに坐って、はっきりしないままの頭で。

あの日、友達の間では「階段落ちの日」として知られているあの初秋の、九月二十三日。

私はバイトに行こうとして急いでいた。近道を、と思って普段めったに通らない裏通りの急な階段を駆け降りて行った。そこは中学校の裏手にある広くて長い石段で、雪の日には危険なので通行止めになるくらい急なので有名だった。とっぷりと暮れてゆく濃紺の夕方、薄暗い街灯の明かりと、その向こうに重なるように見えていた黄色い半月に気を取られて足を踏みはずした。そしてとても強く頭を打ったのだ。

意識を失い、病院に担《かつ》ぎ込まれるほど。

初めに意識が戻った時、何が何だか分からなかった。頭が引きつれるように、妙な痛みで満ちていた。手をやると、包帯が巻いてあった。そこで階段の風景と、あの痛み、驚きがよみがえった。

目の前にきれいな中年の女の人がいて、

「朔美。」

と呼びかけていた。

年の頃がそうだから、この場面にいるくらいだから、たぶんこれが母なのだろう。と、私は思った。そういうふうにしか感じられなかった。その人を知ってはいたが、誰なのか、どういう人なのか、まったく何の情報もやって来なかった。ここにいるということは、母か、かなり近い人だから……この人は私に似ているだろうか？　と思っても、自分の顔が思い出せなかった。

この役割でここにいるなら――この人を傷つけてはいけない。

と思って困っていたら、突如ひとつの記憶がフラッシュバックしてきた。

家で、母が泣いているときの記憶だった(うちってどこだろう、どの空のしたの、どんな建物なんだろう？　と思ったけれど)。涙の記憶、映画の回想シーンにフィルターがかかるように、記憶の湖の透明な水面から浮かび上がってきた。祖父が死んだとき、確かそうだった。人の涙は本当に、後から後からあふれて、ほほをつたって地面に落ちるんだ……と思った。

それから妹。

名前は思い出せなかったが、妹、という概念とともにあんまりかわいい子が浮かんできたので、私はそれを自分が捏造《ねつぞう》した妹かと思ってしまった。でもそれは確かに真由の姿だった。妹の遺品を整理しているときの、後ろ姿。

私が独り暮らしをしていたころ、恋愛に失敗して思わず電話で泣いてしまったとき、母がぽろっと言った言葉。

「大変、朔美が泣いてる。」

私はあんまり泣かない子だったから。

ああ、こりゃ間違いないわ、お母さんか……傷つけちゃいけないな。

その思いだけが決して侵してはいけない何かとして真言のようにくりかえし、痛い頭にぼんやり響いていた。

彼女は私がまだ麻酔でぼけていると思っている。目の下に隈《くま》があって、潤《うる》んだ瞳《ひとみ》は私が無事に目覚めたことから喜びの水分をたたえている。

……ことがわかった。こういう気の使い方で何とか生きのび、こういう気の使い方で疲れ果ててきたのだろう、と私はそのよく知りもしない「サクミ」という人の人生を思った。しかしそれも今日かぎりなのです、今からはいきあたりばったりにやってもらうほかありません。と覚悟を決めた。

「お母さん。」

と私は言った。母がゆっくりうなずいた。嬉しそうに、心をこめたうなずきかたで。そして花嫁みたいに笑った。私は今、人がこの世で一番はじめに知る世にも暖かい単語を口にしたのに、何だか結婚詐欺《さぎ》をしているちんぴらのように寒々しかった。頭が痛く、母という概念が濃縮された濃い濃い汁になって脳みそにしみていくような痛さだった。しかし同時にその発音は、左胸の下あたりにほんのりと熱い塊をつくった。何なんだろう、と思った。

見れば真昼の病室、強烈に晴れた空が窓の外に見えた。私の記憶のようにすっからかんで、真っ青だった。

記憶はすぐに、あぶりだしみたいに徐々によみがえってきた。ただ、私と私の間の透明なはずのガラスに、まるで腕時計が曇ったときみたいに水滴がついてしまった。どうしても消えない。別にいいんだけど。気にしてないけど。

翌日の夕方、昼間のバイトから戻ってきて弟の部屋を喜び勇んでノックした。こんな面白い話が家の中で起こったらインタビューするしかないと思った。

「どうぞ。」

と由男の声がした。ドアを開けて入って行くと、弟は机に向かって背中を丸めていた。のぞき込んでみたらB5の原稿用紙を細かい字で必死に埋めていた。

「作家になるんですって？」

私はたずねた。

「うん。」

弟は気のないふうにうなずいた。

「赤川次郎みたいな感じの？」

私は言った。弟がちょっと前一生懸命読んでいたのを知っていたのだ。

「ううん、芥川みたいになるんだ。」

と彼は言い、目が真剣だった。何かに取りつかれてる、と私は思った。私と同じような感じで、過去になかった新しいニュアンスが心に忍び込んでいる。

「真由ちゃんの彼氏だった竜ちゃんみたいなのはだめなの？　あれも純文学作家だ

よ。」

私は言った。死んだ妹が同棲《どうせい》していたカルト作家の竜一郎のことだった。知人で作家と言えば彼しかいなかった。

「うん、尊敬してるよ。あの人は本当に作家だなって思う。」

竜一郎。あの抽象的で難解な作品群をふと思いだし、

「あれ、読んで意味わかるの？」

と聞くと、

「よくわかんない。でも、じっと見てるといい感じがするんだ。本全体からしあわせな匂《にお》いがするっていうか。」

「ふうん。」

そんなふうに思ったことがなかった。何を求めているか分からないくらいに暗い文体だっていうのに。

「真由ちゃんの笑った顔みたいな。」

弟は言った。ああ、それならわかる。私はうなずいた。完璧《かんぺき》に独立して、複雑な機能を持つ美しさ。何もかもを含み、微妙で、そこにひとりであるもの。だからとてつもなく悲しい。天然の、匂い立つような甘い水分を含んだあの、かけねのない何か。

私は妹のあの笑顔に恋をしていた。

今も時々夢に見る。

会いたいと思う、笑った顔にだけ。

「まあ、いい小説を書いて、お姉ちゃんに読ませて。」

私は言った。

「うん。」

由男はうなずいた。何だか大人みたいな顔をしていた。

「でもね、私……」

私は言った。

「由ちゃんにはやっぱりかっこいい男の子になってほしいなぁ。センスや暮らしぶりがかっこ悪くても文章が書ける人よりも、もててかっこよくてその上文章も書ける人になってほしいな。」

「気をつけるよ。」

「ねぇ、でもいったい、何がどうしちゃったの？　急にそんな、大人みたいに賢そうになって、字書いちゃって。私には本当のこと教えてよ、お母さんには内緒にしとくから。」

私は笑って言ったが、彼は真顔で答えた。

「頭の中で何かが起こったんだ。」

「何?」

「夢に神様みたいなてかてか光った人が出てきて、何かを言ったんだ。そうしたら何かが変わっちゃって、頭の中が止まらないんだ。人間は、毎日ご飯を食べて、うんこやおしっこをして、毛が伸びて、ほんとは絶対にとどまれなくて、今にしかいられない作りになってるのに、どうしてか昔のことをおぼえてたり、先のことを心配したりする。不思議で、不思議でって考えてたら、その考えを吐き出すのは、お話を作ることしかないって思った。いろんな人のいろんなことを書いているうちに、自分の感じていることがはっきりわかりそうな感じがして。」

あまりにもっともな意見で、感心してしまった。

「わかったよ。応援する。でもおぼえておいてよ。私の夢はね、歳《とし》の離れたおまえが高校生くらいになったとき、彼女のプレゼントを買うのにつき合って日比谷シャンテのレイジースーザンに行って、すこしお金をたしてものを選んでやって、そのあとセリーヌのティールームでお茶をしたりすることなのよ。細かいでしょう。でも、おまえが生まれた雪の朝に、そういうことができるのか、いいなぁって思ったんだからね。

「おぼえとく。」

弟は言った。私は安心して床に坐《すわ》り、そのへんにある本を手に取った。「ほんとうにあった世界のミステリー100」という本だった。

「何これ。」

「それ面白いよ！」

やっと子供の顔をして弟が言った。

「ふうん……。」

私はぱらぱらとそれをめくってみた。こんなことが書いてあった。

・二人分の記憶を持つ婦人

テキサス州に住むメアリー・ヘクター（42）は交通事故にあって以来二つの記憶を持つようになった。彼女は高校教師をしている夫と、二人の息子を持ち平穏な日々を送っていたが、ある日夫を迎えに行く途中で、運転していた車が居眠り運転の対向車にぶつけられた。重傷を負ったが、脳に損傷はなかったという。しかし二か月後に退院したとき、彼女は以前の記憶とともにまったく別の記憶を自分が持っていることに気づいた。それはオハイオ州に住み、十七の時肺炎で死んだメアリー・ソントンという少女のものだった。母親の名前、メアリー・ソントンが通っていた学校の名前に始まってあらゆる細かい記憶を有していたので、彼女はそれを思いきって夫に相談してみた。あまりにも彼女の「もうひとつの記憶」に筋が通っているので夫が調べてみたところ、確かにオハイオ州コロンバスにメアリー・ソントンは実在した。婦人が事故にあった年の三年前に、肺炎で亡くなっていたのである。前世の記憶を持つ人はまれに存在するというが、これは極めて珍しいケースである。両者のつながりはメアリーという名前だけだが、この現象を説明するにはあまりにも物足りない共通項である。

「なかなか、面白いねぇ。」

私は言った。

「でしょ？」

由男は得意そうに言った。私は本を閉じて、

「じゃあね。」

と部屋を出た。とりあえずあの子は曲がってないから大丈夫だろう、と思った。冬の廊下は静かで、すみずみまで夜の匂いに満ちていた。私の部屋までの二メートル、

窓ガラスは暗く、私の顔といっしょに忘れられたすべてのことを映し出すような艶《つや》を持っていた。


その夜、おかしな夢を見た。

私は坐って風景を見ていた。空が恐ろしく青く、吸い込まれるように遠く、まるでよくできたブルーのゼリーのように、触れることができそうなきちんとしたグラデーションで天上からずっと、さえぎるものの何もない地平線まで続いていた。乾いた空気、乾いた地面。ぽつりぽつりとある建物がくっきりとその広大な眺めに模型のように見えた。

生まれてから目にしたことのない、圧倒される景色だった。私は木のベンチに腰掛け、ほこりっぽい風にさらされてただ見ていた。となりには女性が坐っていて、夢の中の私はその人をよく知っていた。

テキサスだろうか？

いや、どこでもないところ。だだっぴろい天と地、夢と夢の出会うところ。甘くて乾いた風が吹いている場所。

「メアリーさん、記憶について思うところがあれば話して下さい。私、本当は気にしちゃってるみたいで。」

私は言った。彼女は青い目をしている。空にとけそうな色だった。あんまり同じ色に囲まれていて悲しくなった。ふたり分の人生を含む色だから？　記憶の海、うち寄せる過去の響き、そういう色だ。

「私だけの私がどういう私だったのか思い出せないんです。言葉遊びみたいだけれど。」

彼女は低い声でそう言った。深く刻まれた目尻《めじり》のしわを見ていた。

「台所で夕食の支度をしていたり、ただ夕焼けを見ていたり、そうした何でもないときに時々とてつもなく悲しくなって、ちょうど悲しみの塊が胸に突然飛び込んできたみたいにね。そういうとき、これはもうひとりのメアリーの記憶かもしれない、と思います。つまり、いまではもうそのくらい、彼女の記憶は私の人生にとけてしまっています。私はやはり、いつか人生に未練を残してなくなった彼女よりも自分の人生を大切に思うから。ただ、何かの縁で私の中に飛び込んできた彼女を疎《うと》ましく思ったりはしていなくってね。」

「それに自分だけの自分なんていうものがあったかどうかわかりませんものね。」

私は遠い目をして、相談するような勢いでこう続けたと思う。

「そういう考え方で何も始まらないのはわかっているんです。ただ時々、切なくて切なくて七転八倒することがあって。星を見ても、弟を見ても、何もかもが愛しくて。何だか自分をいっぺん死んだ人間のように思うのです。」

メアリーは黙ってうなずいた。そして私を見つめてかすかに微笑《ほほえ》んだ。

私なんかよりもこの人こそが、いまここにこうしていても死んだ瞬間の記憶を持ってしまっている人なのだ、と私は突然反省した。それはどういう気持ちだろう。と想像する。怖かった。目の前に広がる景色ですら大きすぎて許容できずにいるというのに、ましていつか再び訪れるであろう死の味を知っているなんて。

「そういうこともあるでしょうけれど、それよりも私は……はじめはすごく悩みましたし、奇妙な感じでしたけれどね、こうして美しい眺めをふたつの魂が私の目をとおして寄り添って見ていると思いたくて。」

彼女は幸せそうに言った。

空からぽつり、と水が落ちてきた。

「天気雨です。」

私は言った。雨が真っ青な空の、消えそうに白い雲から、光の中を降り注いできた。光のかけらかと思った。次々に大地を濡《ぬ》らし、私たちの髪、色の違う黒と金の髪にも降ってきた。あでやかなもののようにきっぱりと冷たい影を落として、暖かい空気の中、その雨は落ちてきた。この美しい風景をサーチライトで照らすように、光の領域を一瞥《いちべつ》しているように静かな雨だった。何もかもがきらきらと甘く見え、風景は潤《うるお》い、あまりの気持ちよさとまぶしさに自分が泣いているのかと思ったが、天からの水分がほほをつたっているだけだった。

「単に今、全部で四人の人生が、空と地面と雲と天気雨を見ている、ということなのかもしれません。」

私が言った。静かにメアリーはうなずいた。

目が覚めてしばらく、あの景色とあんまりにも広い空からやってきた光る雨が恋しかった。すごくいい夢だった。何だかわからないがとにかくありがたいものを見てしまった。

そう思う。

2

友達の結婚式だというのに、朝から大雨だった。

支度をするために仕方なく八時に起きた私は雨音に暗く閉ざされた朝の廊下を歩き、ねまきのままで台所に降りていった。

日曜だからどうせまだ誰も起きていないだろう、と思ってドアを開けたら、幹子がいた。

下宿中の大学生のいとこだ。

朝帰りだったのだろう、彼女は曇った窓ガラスをバックに、風呂《ふろ》あがりの濡れた髪で坐っていた。眠そうな顔で、テーブルに肘《ひじ》をついていた。

「早いね。」

と幹子が言った。

「何時に帰ってきたの？」

私はたずねた。

「七時。これから寝ようと思って。」

彼女は答えた。

私は彼女の顔が好きだ。目も鼻も口も小さくて、整っている。彼女は母の妹の娘だ。私が母の家の顔だちの系統の中で好きだと思うニュアンスを、彼女はきちんとみんな持っている。こんなふうに目に見てしまうなんて、血のつながりは不思議だ。

私はTVをつけた。

まさに天気予報をやっていて、キャスターがこの大雨について淡々と語っていた。窓の外のざあざあという雨音とともにそれを聞いていたら、何だか秘密の番組を地底深くで見ているみたいな閉ざされた気分になってきた。けだるくて、退屈で、ずっと長いことここにこうしているような、永遠に雨が続きそうな感じだった。

「朔ちゃん、何でまたこんなに早起きなの？」

幹子が言った。

「洋子の結婚式なのよ。」

私は答えた。

「あ、そう。洋子ちゃんがねぇ。長谷川さんと？」

幹子が言った。

「そう、長い春だったなぁ。」

「あれ？　彼女今はお勤めだっけ。」

「そうそう、服飾関係よ。だからウェディングドレスは自分で作ったんだって。」

「すごい！」

「ドレス縫うので毎日徹夜同然だとかいって、かなりすさんだ花嫁だったな、電話では。甘いムードが感じられないっていうか、何と、式の前日にムーンライダースのコンサートに行くとまで言ってたしね。交際が長いというのはそういうことなのかしらねえ。」

私は言った。

「すごい、相変わらず、わけがわからない人ね。」

幹子は言った。

洋子は高校のときの同級生だった。

同じ男の子を好きになって、ちょっと気まずくなったこともあったし（私が勝ち取ったけど）、泊まりにいって一晩中話しこんだこともあった。変な名前の大きな犬を室内で飼っていて、よくおなかをなでてやった。帰り、弟がよく車で送ってくれた。洋子の家のお母さんの作るたらこのスパゲティはさらりとしていて絶品だった。そして遊びに行くといつも机の向こうで洋子は何かしら縫い物をしていた。彼女は手先が器用で、本当に器用で、彼女がどんなに悩んだりつまらなそうにしていても、その手は清らかで優しく、一定の秩序を持って魔法みたいに動いていた。教会でよく見る白いマリア像の手のようになめらかだった。不機嫌なときの彼女はすごく露骨な仏頂面《ぶっちょうづら》をする。そのうえ家にいるときはコンタクトをしていないので古い銀縁眼鏡をかけていた。そのがむしゃらなまでのブスさかげんが逆に妙にかわいかった。その風景の中には、永遠に通じる力強さがあった。ぼんやりとそれを見ていると、本人には決して言わなかったが、幸福だった。

「何だっけ、洋子ちゃんのおかしい話。」

幹子が言った。

「いつごろ？」

「ほら、嫉妬《しっと》深い男とつきあっててさ……一緒に深刻な感じでお茶飲んだじゃない。」

「ああ、わかった。ゴリラの話ね。」

私は笑った。幹子も思い出し、げらげら笑いながら言った。

「すごいまじめな顔で、『あの人は私をおりの中のゴリラみたいに閉じ込めておきたいだけなのよ！』って言うんだもん。」

「比喩《ひゆ》が間違ってたよね。」

「あれは本人、絶対にかごの中の小鳥、って言いたかったのよね。」

しばらく笑った。遠いながらもそういう記憶は甘く、眠さと雨で鈍っているから、久しぶりに私は私としばし一致する。

幹子が笑いながらポットを火にかけた。とても濃密なジャスミン茶の香りが部屋に満ちる。

今があって、過去があって、ある雨の朝、私が私とここにいる。そういう感じのおちつきはらった、沈み込むような甘い香りだった。

「外が暗いね。」

私は言った。

「今が夜中の三時と言われても私は信じるわ。」

幹子が言った。

「何か食べ物ってない？」

私はたずねた。

「クッキーと、みそ汁とね、夕べの酢豚の残り。」

「BとCをごはんにして、Aをデザートにする。」

「披露宴で食べるんじゃない？」

「そのまえに式があるもの。」

「だったらおなか空くよ、食べていったほうがいいんじゃない？　私も少し食べるからさ。」

「じゃあそうしようかな。」

私は答えた。幹子は冷蔵庫からラップがかかった器を取り出し、レンジに入れた。

女の人が台所で立ち働いていると私はいつも、何かを思い出しそうな気持ちをもよおす。何か悲しくて、胸を締めつけること。きっと死に関係あること。生まれてきたことにも、きっと。

「殺人の話、聞いた？」

後ろ姿の幹子が、ふいに言った。

「何？　なんて？」

びっくりして私はたずねた。

「昨日このへんは殺人事件の話でもちきりだったのに。」

彼女は答えた。みそ汁の鍋《なべ》を火にかけながら、それはあまりに唐突だったので、まるで悪い夢の中に不自然に響くせりふのように聞こえた。

「だってバイトから帰ったらもうみんな寝てたもん。知らないよ。」

私は言った。

「角の宮本さんが、男の人を殺しちゃったんだよ。」

幹子は言った。

「ええっ？」

知っていた。よく近所ですれちがう女のひとだった。たしかに地味すぎる感じではあったがきれいな人で、私が挨拶《あいさつ》をすると、いつも少し笑って「こんにちは」と言った。いつも紺《こん》のセーターを着ていた。腕のところに二本の白い線が入っていて、私はいつも「江戸時代の罪人の入れ墨のようだな」と思った。

「何でまた。」

私はたずねた。幹子は私の前のいすに坐《すわ》って、身をのりだすようにして言った。

「何かね、ノイローゼ気味だったんだって。それで、つきあってた男の人に別れを切り出されて、刺しちゃったんだってさ。あのうち、何年か前にお父さんは亡くなったのよね。確か、町会長とかしてた。それでお母さんと二人暮らしだったのよ。宮本さんは自分も死のうとして手首を切ったんだけど、死に切れない状態でいたところにお母さんが帰ってきたんだってさ。」

「そのワイドショー的くわしさは何なの。」

私は思わず笑ってしまった。

「おばさんが教えてくれたんだってば。」

幹子は言った。

「やっぱり。」

うちの母はそういうのが大好きなのだ。

レンジがちん、と鳴って私は立ち上がった。酢豚の熱いラップをはがしながら私はたずねた。

「その男の人、いくつだったの？」

何でそういう質問が浮かんだのだろう。でも答えのほうが質問の意図を正確に先取りしていた。

「何と、二十一だったのよ。宮本さん、四十近かったのよ。」

幹子が言った。

「やりきれない話だなぁ。」

私は言った。食事の支度が調い、しばらく二人は無口になってごはんを食べた。私はほんのしばらく宮本さんにシンクロしたつもりになって、宮本さんの人生について考えていた。

　同じこのへんの街角を見てもきっと能天気な私とは違ったふうに見えたのだろう。

「最近、見なかったよね、あの人。」

「幹子は知らないだろうけど、昔はあのお姉さん、近所で評判のまぶしいほどの美人だったんだよ。」

「どこでどうなっちゃったのかしら。」

「人生ってわかんない。」

　よく考えてみると、まるでサザエさんちのおとなりさんのお姉さんのように、幼い私にとって典型的な「近所の、年上の、きれいなお姉さん」というイメージは当然のように宮本さんのものだった。私が知っているもうひとつの画像は、昔よく見かけた、お父さんと腕を組んで歩く宮本さんの姿だった。ふと思い出した。私の父親はもう死んでいるが、あんなに大きくなってもお父さんと私は一緒に出かけるだろうか、と子供心にもそう思ったものだ。

　そう思いながら父のあごを見上げてみたことがあったことも思い出した。それが私よりこんなに先にこの世からなくなることも知らずに。宮本さんがこんなことになるとも知らずに。

不思議だった。

「何か、雨の日って子供のころの感じがしない？」

突如、幹子が話題を変えた。

「ああ、わかる。」

本当にぴったりきたので私はうなずいた。多分、雨が嫌いではなかった頃があったのだ。雨が新鮮に映り、いつもと違う世界を喜びをもって見つめた時が。

「何か、懐《なつ》かしいよね。」

幹子が言った。

そして、「なつかしい」という言葉には、それ自体に目を細めてしまうようなまぶしい響きがある。

「えっ？　朔美？　感じ変わったね。」

「えっ？　ほんと？」

「よく見ないとわかんなかった。」

「新郎側の親戚《しんせき》かと思った。」

金ぴかの披露宴会場で、ひらひら着飾って真っ白に化粧した若い女の群れに口々にそう言われたら何だかおかしな気分になった。

天界のものたちにありがたくてしかたないことを言われてるみたいだった。

「そんなに?」

私が言うと、皆が同じ表情でうんうんとうなずいた。

「きれいになったとか言えないの?　あんたたち。」

私がふざけて言うと、

「そういうんじゃないのよ。」

とまた口々に言うのでむっとした。

「感じが変わったのよ。」

「そうかよ。」

と言って黙った。

丸いテーブルについた古い友人たちのてかてか光る、希望に満ちた顔を見ていた。美しさや若さは、ただそこにあるだけで未来という言葉を含んでいる。フォーマルな格好をしているという点では見知らぬ人々だが、もっと垢抜《あかぬ》けなかった昔の顔を知っているという点では誰よりも近しい人々。

花嫁はすでに席に着いていて、えらく神妙な顔をしていた。花婿《はなむこ》は手元を見つめて、やはり神妙にしていた。私はふたりの神妙でない顔をたくさん知っているのでおかしかった。まるで観光地の記念撮影みたいに、首だけ出して画面にはまっている人達のようだった。

でも、衣装は手作りなんだな、と思った。

多分あの不機嫌なブス顔で、あの小さいテーブルの向こう側で縫われた。

そう思ったとき突然、今日初めて感動した。

会場はそのときとても静かで、なぜならばはじめの乾杯の前の長ーいスピーチが行われていたからだ。おなかは鳴るし、服は堅苦しいし、あきるしでぼうっとしていた私はそのとき突然何かを思い出しそうになった。

何だろう、と考えた。

その時は死ぬかと思うくらい退屈なのに、後で思うと狂おしいくらい愛しいものだ。そしてすぐに思い出した。ここにいるメンバーと教室を共にしていたときにしていた、授業中の居眠りのことだった。

スピーチをするおじさんの、決して興味を持ちえない内容の話と低い声と、高い天井にそれが響く具合がある午後の授業をフラッシュバックさせたのだ。

陽のさしている明るい教室で熟睡すると、はっと目覚めたとき一瞬どこにいるのかわからない。さっきフェードアウトしていったのとまったく同じ音量で話し続ける教師の声に気づく。それ以外はまったく物音がしない。この無音を味わうことを、あらかじめしめしあわせている集団のようだった。乾いた木の匂《にお》い、さんさんと降る光、窓の外の緑。ここにいる人々、仲の良い同い年の人々。休み時間になると一斉に動きだす空気。ペンケースに反射した光が天井に踊っていて、あと十分後のチャイムをみんなが心待ちにしている。こういう奇跡のような共有が、ここを出たらもう一生このメンバーとは起こりえない。この空間にはそういう情報のすべてが、かすかな香りみたいに含まれている。そういう感じ。しみるような光の記憶。

やがて食事が始まって、シャンパンとビールと赤ワインのちゃんぽんですっかり酔っ払った私は、目の前の床を何回もずるずるとひきずられて通ってゆく、花嫁のドレスのすそばっかり見ていた。たくさんのビーズが輝き、細かい刺繡《ししゅう》がしてあって、とてもきれいだったのだ。

花嫁の父は、微妙な表情をしていた。

泣きそうなのでもなく、暗いわけでもない。ちょっと遠くを見るような顔だった。またもや宮本さんが心をよぎった。たいした知り合いでもないというのに。

私にはもう父がいない。

父が生きていたら、私の事故を、真由の死を、どう思って、どういう表情をするだろうか。

ちょっと考え、わからないのでやめた。

死者は、やさしい面影だけを心に広げる。

でもそれは本人じゃないから、昔のこととはいえもっと遠くなる。もう見えないくらいはるかに遠い。手を振っている。笑っている。でもよく見えない。

家に帰って、少し寝た。

目覚めると、雨が止《や》んでいて、夜だった。暗い部屋が少しさみしかった。

こういうときいつもおかしな気持ちになる。いつの間にか夜になっている。夢の中で誰かに何かを言い忘れたみたいに思う。

しばらくの間、波打ちぎわにうちあげられた魚みたいに横たわって窓を見ていた。

そして起き上がって、ドアを開けた。ぱったりと弟にあった。

「今夜のごはんは純子おばさんの混ぜごはんだよ。みんな先に食べちゃったよ。」

弟は言った。

「最近、小説はどうなの？　書いてる？」

「今は日記を書いてる。」

弟は言った。

「今日のテーマは？」

私は言った。

「今日は、昔のことを考えてた。ずっと。」

「もっと小さいころのこと？」

「うん。お父さんのこととか。朔ちゃんが頭打つ前のこととか。」

「何でまた。」

私は驚いた。

「雨だからかなあ。」

弟は言った。

「おまえ、子供のくせにいいセンスしてるよ。」

私は笑った。

「それ、私の今日のテーマと全く同じなんだよ。」

弟は、すこし照れながら嬉《うれ》しそうにした。

「ところでおまえは、頭打つ前の私と、今の私とどっちが好き?」

子供にこんな質問しても仕方ないとは知りながら、本気でそうたずねた。案外簡単に〝答え〟がかえる気がした。弟からのではなく、弟を通した何かの。

「小さかったから、よく覚えてない。」

弟があっさり言ったので、がっくりした。

「そりゃ、そうよね。」

私は言った。

「でも僕はいつも今の朔ちゃんといるから。」

弟は言った。

ああ、やはり。

思考がシンクロしてる、と思う。

私の眠りを通して、彼の頭にどこからか何らかの形で入り込んできた電波のような情報が、この子の幼い思考をもどかしい道具として使っているようだった。それとも同じ家ということではなく、私も弟も、まだ見ぬ人々も宮本さんもつながっていて、この雨の中、ひとつの眠りの宇宙を行き来しているということなのだろうか。

「わかった、由ちゃんをもう大人とみなして、こんどいっしょにシャンテにお茶しにいこう。」

「やったー。」

弟は喜んだ。私はじゃあね、と言って階下へ降りて行った。

不規則に寝たり起きたりしていたので、調子が変だった。寝ぼけていたはずの朝の台所の場面でだけ、頭がはっきりしていたような感じだ。まあ結婚式というのは晴れの場だから、少しとんでしまったのかもしれない。

とにかく朝、幹子がいたのと同じような感じで、純子さんがいた。

「あら、今頃起きてきたの？」

と、優しい調子で彼女は言った。

「うん。混ぜごはん食べにきた。」

私は言った。

「まだたくさんあるわよ。」

純子さんは言った。

「お母さんは？」

「デートよ。」

「そう。」

私はうなずいた。純子さんはごはんの支度を始めた。私は何の気なしに、TVの下にある本棚から、アルバムを出した。

記憶が最も混乱していたころ、私は何度もここに来て、ひとりで、夜中の台所でこれを開いた。

見れば見るほど近くて遠く、懐かしさやもどかしさがいつも焦《あせ》りになって襲ってきた。前世のふるさとを訪れたりしたらこういう気持ちがするのかな、と思った。

私の顔をした私が、私よりもずっと私らしく笑っていたり、もういない妹が私のスカートのすそをつかんでいたり、そういう感じ。

まるで目に見えない世界が、この世のどこか決して届かないところでそのまま息づいているようなせつない感じ。

少し前の私は、そういう目でこのアルバムを見ていた。でも今夜は少し違った。

「父」を捜した。

私と真由の父は、脳血栓で倒れて死んだ。意識の戻らないまま、目の前で息を引き取った。おかしな言い方だけれども、すごく納得の行く生き死にだった。とにかく忙しい人で、でも愛情にあふれていて、悔い、という言葉から最も遠い感じの人だった。

父にはいい印象しかない。

私は、公園の砂場で遊ぶ父と私を見た。その日の湿った空気の匂いをも思い出せた。かんかん照りの浜辺に並ぶ父と母と私と真由の写真も見た。

過去であるぶんにはすべて変わりがないのに、そこに漂う空間の色は、生きているかのように迫ってくる。

私は今夜、もしかしたら同じような気持ちでアルバムを開いているかもしれない宮本さんのことを思った。くっきりと痕跡を残している過去にまみれて現在が宙に浮いているという点において、私も似たようなものだった。

写真にそえられた父の筆跡。

真由の落書き。

みんな幽霊だ。

私は今、ここにいて、それらを見ている。


「はい、どうぞ。」

純子さんが目の前に熱いごはんと汁を置いたので、私はアルバムを閉じた。

「おいしい。」

私が言うと、純子さんは笑った。

「混ぜごはんは得意なのよ。」

純子さんは、浮気で家庭を失った。旦那《だんな》さんの友達と恋に落ちたのだ。その恋は終わり、純子さんは離婚した。お嬢さんがひとりいるが、今のところ旦那さんの家にいる。やがては引き取っていっしょに暮らすのが夢だそうだ。

「アルバム見てたの？」

純子さんが言った。

「うん、なんか今日、何となくお父さんのこと思い出して。」

「そう。」

純子さんはうなずいた。

「アルバムって、悲しいわよね。みんな若くて。」

「そりゃそうでしょ。」

私は言った。

「私とあなたのお母さんなんて、女子高時代の写真いっぱいあるのよ。夜中にこっそり外で飲んでるところとか、修学旅行のときの寝顔写真とか。不思議よ、今が。何でこうしてここにいるのかしらって思うわ。それは、私が家を出たこととか、そういうんじゃなくって、ふと、はっとすることがあるのよ。あなたのお母さんが、昔みたいな表情で笑ったりすると、くらっとすることがあるの、長い時間の重みを感じるのね。きっと。」

「わかる気がする。」

私は言った。

まるで旗がひらひらとはためくように、母の顔の中で過去と未来がいれこになって、まぶしく混じりあうことがあるのだろう。

〝さあ見て、ほら、私まだここにいるのよ〟

変な日だった。

眠りのまにまに過去ばかりがのぞいていた。

あるいは、同じ町内で人が死に、それですこしゆがんだ空間が作用しているということもあるかもしれない。

ないかもしれない。

今晩、世界中で何人ひとが死んだり、泣いたりしているのだろう。

私は夜中になっても少しも眠くなくて困っていた。夕方寝てしまったからだ。本でも買いに行こう、と私は出かけた。二時だった。近所に三時までやってるブックストアがあるのだ。店の半分がレンタルビデオ屋になっている。

私は雑誌と、新刊本を何冊か買って外に出た。

野外は、真冬の匂いがした。

冷たい空気に混じって、これからやってくる本当の寒さの予感が、体の中に伝わってくる。枯れた木立が骨のように、薄暗いシルエットを作る空に映えていた。欠けてゆく月がはるか天空に小さく強く光っていた。

私は鼻歌を歌いながら、路地を歩いていた。前から、人が歩いてきた。何の気なしにすれ違おうとして、気づいた。

宮本さんのお母さんだった。

当たり前だが世にも重いその表情が街灯の光に照らしだされた時、なぜか「しまった」と思った。こういう時示せる誠意、みたいなものは何だろうと思った。

結局いつものような、だからこそいつもとまるで違う複雑な、

「こんばんは。」

というあいさつをした。

宮本さんの年老いたお母さんは、宮本さんにそっくりなやり方で、静かに頭を下げた。習慣的な、かすかな笑顔で。

真由が死んだころの母を思いださせる何かがあった。同じような硬さがあった。

そして言葉を交わすこともなく別れた。

しばらくして振り返ってみると、宮本さんのお母さんがとにかく静かに、静かに、同じ速度で夜の中を歩いて行くのが見えた。私とすれちがったことなどわかっていないような静けさだった。こんな時刻にどこに行くのか、私は知らない。家の中にさまよう過去の幽霊の面影からただ息をつめて逃げてきたのだろうか。

私は月と街灯と暗がりと横切る猫と住宅街の影の中でふと、

「今日は宮本さんに始まり、宮本さんに終わった日だった。」

という感慨を抱いた。失礼な話だが、そうだった。

そんなふうに記憶のデーターバンクにしまいこまれ、永遠に保存される。そんな気がした。

3

母は、不思議な人だ。

二十年以上一緒にいるのに、まだよくわからない。

少しだけ色黒で、目がつり上がっていて、体が小さい。松岡きっこを縮めたような……と言うと本人は怒るんだが、そういう感じだ。

母はごく普通のちょっときれいなおばさんで、普段は悩みがちだし、つまらないことですぐヒスをおこしたりするけれど、時々ものすごくすっきりと断定的に自分の意見を言うことがある。

ところがそれが意外にもすごくいいのだ。

そういう時母はまるで天からの言葉みたいに、すがすがしい発音で、まっすぐな瞳《ひとみ》で、言う。わずかな濁りすらない、確信に満ちた響きを発する。愛されて育った娘の持つ財産だ。傲慢《ごうまん》というほどでもなく、弱くもない、許された心の持つ偉大な力だ。

たとえば私が何週間も外国に行ったりして異国の空の下で母を思い描く時、どうしてか母は優しくもなく、笑ってもいない。私を産み、真由を産み、夫を亡くし、再婚し、由男を産み、離婚し、真由を亡くした。人よりもいろんなことがあった。そのことに怒っているわけでもなく、哀《かな》しそうでもない。でもそこには何か「怒り」に通じるつよいまなざしがある。運命にもてあそばれた憤《いきどお》りと、そこを泳ぎきってきた誇りが混じりあった、女の、暗黒の、宇宙。曼陀羅《まんだら》の中心に立つシヴァ神のような顔で遠くを見ている。

そういうイメージだ。

実際に帰国して生を見ると、本人はみやげのことだの私の留守中におこったくだらないことだのをべらべらまくしたててげらげら笑っているだけで、実に俗っぽいんだけれど、とにかく離れているとそういうふうに心に映る。

母には何か隠された領域がある、そう思わせる。

父もそう思っていただろうか。母を愛した男たちはみんなそうだっただろうか。

朝日の中、眠い頭でそういう夢想にふけったのはなぜかというと、家の前のまっすぐな歩道をコツコツとヒールの音を響かせて去ってゆく母の後ろ姿を見たからだった。光の中で茶色がかった髪が躍っていた。

弟の由男が無断で何日も学校を休んだので、呼び出されてしまったのだ。

先週の木曜日のことだった。

「えっ、行ってない？」

突拍子のない声で母が言った。

午後二時くらいのことだった。私は寝起きでぼんやりとTVを見ていたが、ぎょっとして目が覚めた。しばらく聞いていると由男のことだとわかった。

ばかなやつ、と私は思った。ばれるほど露骨に学校さぼるとは。

そうして母のひそひそ声の電話を聞くともなしに聞いていたら、突如私の頭にすっかり忘れていたある光景が、強烈に浮かんできた。

中学の時、はじめて学校を休んで年上の男の人とデートした時のことだ。ほんとうに忘れていたくらいなので、相手の顔はどうしても思い出せなかった。

それまでもなんとなく学校を休んだことはあったが、そんなに計画的に休んだのははじめてだった。

べたべたと手をつないで映画を観《み》て、予告編の暗がりでキスして、真昼の街に出てガラスばりのカフェでお茶を飲んだ。

美しいテーブルに細い銀のスプーンに、レモンの香りがかすかについた透明な水。

エスプレッソと甘いケーキ。

話しながら、窓の外を見ていた。通りの向かい側にゲームセンターがあった。あの、昼でもネオンがついてるやつ。音が聞こえてきそうだった。

私はしみじみと、

「ああ、デートよりもまだゲーセンの方が面白いな。まだそんな年なんだな。」

と思った。

キスとか、トイレで着替えるのとかより。


強烈に思い出した。

記憶にあることすら忘れていたのに。

私は、昔のことをあまり覚えていないから、昨日のことが昨日の感情を伴っていないし、そうして遠い昔のことが、突然目の前に迫って来ることがある。空気や、気持ちや、場面。

それはもう、今現在起こってることとしか思えないほど苦しく。

あまりのなまなましさに、本気で混乱する。

人と会っているとなんとか統一されて、その人とのからみの歴史のなかで、自分の今までを感じることができる。そしてその限られた情報のなかでほっとする。だからだろうか、別れぎわ時々わけのわからない不安におそわれて、気が狂いそうになることがある。

この間なんて、ひさしぶりの女友達と夕方会って昔のことを話し込んでいたら、一人になるのが恐ろしくて別れられなくなり、家まで送ってもらってしまった。じゃあね、と別れようとしてふと街を見渡したら、輪郭の光ったビルがずらっとそびえていて、ギラギラと西日が射《さ》していて、とてつもなく大勢の人間ががやがやとウインドウのまえを流れていて、何が何だか、どこに帰ろうとしているんだかわからなくなってしまったのだ。

私が帰ろうとしているところは、今思っているところで正しいのだろうか？　バイト先は？　家族は何人いたっけ？　今朝出てきたはずなのに何でこんなに遠く感じるのだろう。混乱し、不安になった。すべてがはるかで、まるでいつか見た夢のように思えた。そして自分だけが空間にぽつりといる。何もかもと均等に距離をおいて、一人で。

そういうことはよくあった。そしてその動揺も何秒か後にはけろっとなおり、家路をたどる。

　まるで恋人どうしの別れぎわみたいに私が突然涙ぐんだので、友達はびっくりして私に「何かあったの？」とたずねた。私が訳を話すと、親切にも家まで送って来てくれた。

　もういっぺん病院で検査をしてもらったほうがいいんじゃない？　と友達は言った。私の部屋でチーズケーキを食べながら、コーヒーを飲みながら、気楽な感じで言った。

　その気楽さにかなりのリアリティを感じた。だから、私も本気で「そうなのかもしれない」と思ったのだけれど、検査してもしこの変な状態になんらかのレッテルが張られるといやなので、やめた。

　頭を打つ前にもどるのがさみしいのだ。つまらないのだ。

　今の自分が好きなのだ、いつも。

　だいたい、百パーセント健康な人なんて、いやしない。私の孤独は私の宇宙の一部であって、取り除くべき病理じゃないような気がする。

　母が母の病んだ運命の花嫁であるように。

母は学校に呼びだされているらしく、時間の確認をしていた。私はその後相談されるのが面倒くさかったので、電話が終わる前にこっそり家を出た。

たいして大きい町じゃないから、弟のいそうなところはすぐわかった。

そして案の定、駅前商店街のゲームセンターに由男はいた。暗がりの中、ディスプレイのライトに照らされて、大人の顔をして「コラムス」をやっていた。

「不健康ね、若いうちから宝石に興味持っちゃ、だめよー。」

と私は声をかけた。

弟はびくっとして手を止めてしまった。そして顔を上げて、

「朔ちゃん、何で？」

と言った。

「学校から電話来てたよ。」

私は笑った。ゲームは終了した。

「ここの画面が好きなんだ、僕。きれいだから。」

と弟は言って、布袋からぶちまけられる色とりどりの架空の宝石を見つめた。

「お母さん、怒ってた？」

「よくわかんない。」

「朔ちゃん、これからバイト行く?」

「うん。」

「僕も連れてってよ。」

「いやだ、私までお母さんにしかられる。」

「帰りたくないよー。」

由男は言った。その気の重さは経験上すごくよくわかって、懐《なつ》かしい気がした。子育ては追体験だな、と実感した。産んでないけど。

「じゃあ、とりあえず、何か食べに行こうよ。そうだ、お好み焼き食べに行かない?」

「行く。」

私たちはゲームセンターから出て、真昼の商店街に躍り出た。すぐ近くに古いお好み焼屋があった。曇りガラスの引き戸を開けてみたら、客が誰もいなかった。

「焼きそば、ぶた天、もんじゃ、ひとつずつ下さい。」

座敷に坐《すわ》って私は言った。

ものすごい勢いと音でそれらを焼きながら、食べながら、私は質問した。

「うちのお母さんはくだけてるから、だるいから休みたい、って言えば休ませてくれるのにどうしてまた。」

「いつも学校に行く途中で急に休みたくなるんだもん。」

弟はもっともなことを言った。

食べ終わるとたんに静かになった。そして商店街のにぎわいがかすかに聞こえてくる。戦争の後のような鉄板を、窓からの午後の陽が照らしていた。

「お母さん、悩んでるかな。」

「なにをよ。」

「僕が変わったから。」

「何言ってるのよ、まだ小学生じゃない。」

だからこそなんだろうな、と思ったけれど、私は言った。

「これからの人生、彼女ができたり、酒、たばこ、セックス、その他親に言えないことばっかりでてくるのよ。そのくらいで気を使ってどうするの。好きなようにしなさいよ。ね？」

たしかに弟は最近変な顔をしている。

アンバランスな顔だ。少しまえと、全く違う表情を持ちはじめている。

陽に照らされた、ぶっちょうづら。まつげが長くて目と目が離れてるのは、彼の父親似。小さい唇は母親似。

でも、そういうことじゃない。もっと微妙な感じ、急に老《ふ》けたような、歳《とし》と本人がずれちゃったような。疲れた顔をしている。

「朔ちゃんはハードボイルドだなあ。」

由男が言った。

「どうして?」

「何となく。」

「そう?」

「あーあ、怒られるかな。」

「泣かれるよりいいわよ。あきらめてとにかくお帰り。」

店の前で弟と別れた。

その足でバイトに向かうことにした。夕方の商店街は西日のトーンで統一されていた。

異国のバザールのように。

金星が寒い夕空に光っていた。

「大安売り」と赤と白に染めぬかれたのぼりが次々にはためいて、道をふちどっていた。

その、バス停までの十分間に、子供を産むということについて考えた。父親が違う子供が二人残って、こんなにとしが離れてて、最近弟の心配ばっかりしている母は、さすがに不安になって来たのだろうか。

確かに彼女は変わった。

でも、いつから、どんなふうになのかは思い出せない。

つらつらと画面だけが浮かぶ。

母のピンクの乳首とか、

白い襟からのぞく金の鎖とか、

鏡に向かって眉毛《まゆげ》を抜く後ろ姿とか、

そんなのばっかりだった。

男としてでも、女としてでもなくて、見上げる子供の気持ちで。

そうすると愛しいのか、憎いのか、応援したいのか、引きずり降ろしたいのか、夕刻の金に光る町の中でわからなくなる。

それはすごくいい感じだった。

郷愁っていうくらいのちょうどいい照れがあった。

バイトを終えて夜中に帰ったら、台所のテーブルの上に母からの手紙があった。

「朔美へ
今日は由男とお好み焼きを食べたそうで、どうもありがとう。
ちゃんと帰ってきました。
明朝、呼び出されているので（由男の学校に）もう寝ます。
おやすみなさい。」

ありがとうより、おやすみより、（　）の使い方が母らしかった。

母が出かけてからまた朝寝をしていたら、電話が鳴った。

誰かが出るよな、と夢うつつのなかで思っていたが、誰も出ず、電話は鳴りつづけた。そうだ、考えてみると純子さんはパート、幹子は大学、弟は学校、母も呼び出されて、誰もいないのだ。私は仕方なく起き上がり、階下に降りていって電話を取った。

「もしもし。」

と知らない女の人の声がした。

「由紀子さん、いらっしゃる？」

母の名だった。

「今、ちょっと留守にしています。」

私は答えた。

「戻ったら伝えておきます。失礼ですが、どちら様ですか？」

「ちょっとした知り合いで、あ、面識はないんですけれども、佐々木というものですけれど……由紀子さんが、最近息子さんのことで悩んでいると人づてに聞いたもので、いい先生を紹介しようと思ってね……お電話したんです。」

「あ、そうですか。言っときます。」

めんどうくさいのでてきとうに受け流した。

私の声にはっきり含まれていた拒絶を感じたのだろう、ではよろしくお伝え下さい、と電話は切れた。

いろんなひとがいるなあ、と思った。

私は自分がまともだなんて少しも思っていない。

頭を打っていて記憶もあいまいだし、家庭も複雑だし、いろいろで、いつもその点が不安だった。

だから、私は生きてゆく意義、みたいなことばっかり考えていて、しかもそのことだけは他人と分かち合いたくない。そんなものは黙っていてもいつのまにか分かち合っているものだ。話し合ったりわかり合わなくていい。そんなことをするとダメになってしまう。大切なものが話しているはしから次々と消えてしまう。なくなってしまう。そして、輪郭しか残ってないのに安心してしまう。そういう気がする。

私に輪をかけてまともじゃない子がいた。今は外国に行ったきり消息がわからない。強くて、陽気で、どこでも生きてゆける人だったから、今日もどこかの空の下で人気者でいるだろう。

彼女は不思議な目をしていた。人を殺しそうなくらいいつも光っていた。

彼女にはお母さんが二人いた。

そのせいなのか、ユニークすぎる性格のエネルギーのせいなのかとても陽気な子なのに義務教育にはなじめず、いつもノイローゼぎりぎりのところにいた。おはらいから、人生相談、精神分析まで、一通り試したらしい。

詳しくは知らないし知りたくもないが、「生きることの意義みたいなものを大勢で勉強する」ところにも行ってみたそうだ。

「どうだった？　だいたい、どんなことするの？」

　昨日までそこに行ってたけどもういいや、と言う彼女に好奇心でたずねた。よく覚えている、その夜、湾岸のほうにある店の、テラスで飲み食いしていた。暗やみは海の匂《にお》いがして、夏の終わりだった。テーブルの上はキャンドルライトだけで、彼女の長い髪が、潮風に揺れていた。

「こういうの、人に言っちゃいけないっていうことだったけどさ。」

　彼女は言った。

「何で？」

「そこで体験したことは、そこにいた人だけのことで、言葉にできないからだって。」

「え〜、でも試しにちょっと言ってみて。」

　私は笑いながらそう言った。すると彼女は、

「たとえば？　えーとね、たまたま向かい合った人と、『自分が誰にも言えなかった秘密』を言い合うの。私の場合は、……でね、その人はもうおじいさんだったけど、穏やかな感じの人で、その秘密ってのがさー……」

と講座の内容ばかりか、私にとって見知らぬおじいさんの誰にも言えなかったであろう秘密までべらべらしゃべってしまった。

あまりの彼女らしさに笑いながら、私はたずねた。

「で、なんか変わった？　成果は？」

「そうだね、会社に遅刻してしかられても気にならなくなった。」

彼女は真顔でそう言った。あまりの変わらなさに大笑いした。

そして十何万もかけて行って、まったくそのムードに染まらずに帰ってきたことに、胸打たれた。私は、その手の学習をして楽になった人も、悪化した人も知っている。でも何にもなかったのは彼女だけだった。

彼女は確かにとんちんかんな人だったが、いつも自分で決めた。自分で決める力が必要以上強い人だった。服も、髪型も、友達も、会社も、自分の好きなことや嫌いなことも。どんなささいなことでも。

それが積み重なって、後に真の「自信」というフィールドをかたちづくるような気がしてならない。

その人がその人であることは、壊れて行く自由も含めてこんなにも美しい、人に決めてもらえることなんて何一つ本当じゃないんだな、としみじみ光るように生きる彼女を見ていて私はよく思った。

みけんにしわを寄せた母が帰ってきたのは、午後二時くらいだった。

「ただいま。」

と言うなり台所のいすにどっかり腰を下ろして、スーツのジャケットも脱がない母に同情して、お茶を淹《い》れてあげた。

「どうでした？」

私はたずねた。

「どうも何も、あたしだいたい職員室が苦手なのよ。昔から。あー、気づまりだった。」

と母は言った。

「由男は？」

「何か、あの子いろんな事してるみたいよ、学校で。いたりいなかったり、マラソンさぼったり、授業中書き物したり、いろいろ……聞いてて疲れちゃった。それが、このところいっぺんにはじまったからね。チャネリング小僧になってから。」

母は言った。

「お母さん、そんな身もふたもない面白い言い方……」

私は笑った。

「でも、要領悪いわよね、あんたも真由も、こういうのなかったからね。」

母は言った。

「いじめられたりはしてないの？」

「それはないみたいよ。」

「ふーん。」

「家庭にいろいろあると、子供は感じるのです、だって、ばかばかしい。」

母は言った。

「あ、でもテストのやま当てたりしてるみたいよ、学校で。」

「超能力小僧でもあるのか……お母さん、そういうのある？」

「勘が鋭いとか？　全然ない。あんたのお父さんが倒れた日も何も感じなかったくらい。あんたは？」

「ない。」

「どこから来たんだろう。」

「本当に。」

DNAの組み合わせの大海の中の、どこか遠いところから。もしくは彼の脳の中の神経細胞のつながりの中から。

「あっ、そういえばさっき佐々木さんって人から電話があって。」

思い出した私はそのことを話した。

どういう反応かあんまり予想ができなかった。案外人の忠告をまじめに聞いたりする面もあるから、よその人に相談してるくらいならその気もあるかもしれなかった。自分が行きたいと言いだしたらめんどうだな、と思った。しかし母は、はじめうん、うんと聞いていたがやがて眉をへの字にして首をかしげた後げらげら笑って、

「どーしちゃったの、みんな。」

と言った。

「何で、いっぺんも会ったことのない人に、自分の息子の面倒見てもらうのよ。」

変な理屈だったが、わかりやすかった。

「みんな、暇って言うかなんて言うか……」

と言いながら立ち上がって、着替えに行った。

何でだかよくわからないけれど、ここは健全だ、と安心した。

そしてふいに思い出したことがある。

前述の「遅刻しても気にならなくなった」彼女と、もうひとりの女の子と三人で香港に行ったことがあった。

いつもすっぴんで手ぶらの彼女は、日本にいるといつも堅苦しそうだった。だから外国に行くとたんにぴんぴんと水をはじく魚のようになった。私ともう一人は、そういう彼女を深く愛していた。

ホテルの豪華この上ない部屋で、窓の外は夜景で、ふかふかのベッドが三つ並んでいた。ひとりはテーブルでビールを飲んでいた。私と彼女は風呂《ふろ》あがりのバスローブ姿で寝ころんでいた。

そう、私ともう一人は、彼女をほんとうに深く愛し、理解していた。

みんなでだらだらと何か話していて、何か、明日の予定か、彼の事とか、そういう事。突然彼女が私に強く抱きついた。そして言った。

「ママー!」

私は胸が詰まり、ふざけて彼女を押し倒した。笑いにその時の感情はすべて流れた。流れなければ支えきれないほど、瞬時にどっと押し寄せてきたもの。全部、言葉にできない、してはいけない彼女の何もかも。好きなもの、恐れているもの、守られるべきもの。

もし私が男でその機能があったら、抱いていただろう。もし私が妊婦だったら、大きなおなかにそっと両手を添えただろう。そういう感情を瞬間、強く抱いた。

もう一人の子もそう思っていたと思う。

思い出したらあまりの生々しさにちょっと泣きそうになった。

4

とにかくはっきりした、きびしいほど鮮やかな光景だった。

空が青い。

ガラスのような、固い素材でできているみたいに明確な、濃い青だった。

私は木々の間から、それを見上げていた。私の背丈ほどある細い木が、辺り一面に繁《しげ》っていた。よく見るとうすい葉の陰に細かい実が固まっていた。緑からピンク、そして赤、黒へと、グラデーションになって連なっている。黒い実をひとつつまんで食べてみた。甘い匂い、酸っぱい味。知っていた。なんの実だっけ……と考えた。思い出せなかった。

陽がじりじりと照りつけ、何もかもがまぶしかった。そして、風もあった。清冽《せいれつ》な風が、どこからかかすかに吹いているのを感じた。

私は目を閉じた。

するとさっきまでの濃い青空と色とりどりの実をつけた木々のコントラストが、残像となってより鮮やかに浮かんできた。そのみずみずしさは全身にしみわたるようだった。

ああ、美しい。

ああ、涼しい。

この完璧《かんぺき》な景色の中に立ちながら、目を閉じているという贅沢《ぜいたく》と快楽を味わい尽くす。

そのとき、がさがさと音がして、向こうから何かがやって来る気配がした。目を開けると繁みが揺れていた。

そこで目が覚めた。

夢だった、というのがわかるまで、少しかかった。

何が来るかわからないままでまだどきどきしていたし、冷たい風の感触の余韻も胸にひんやりと残っていた。

そのせいか、すっきりしたいい目覚めだった。階下に降りていくと、純子さんがパートに出かけるところだった。

「おはよう。」

私は言った。

「おはよう。」

と純子さんは微笑《ほほえ》んだ。

「冷蔵庫にサラダとフレンチトーストが入ってるわよ。」

「純子さんが作ってくれたの？」

「ううん、お母さんよ。」

「そう、お母さんは？」

「銀座に買い物に行くって、出てったけど……」

「ふーん。」

私は台所の椅子《いす》に坐って、リモコンでＴＶのスイッチを入れた。純子さんは上着をはおって出て行きかけたが、そういえば……と言って戻ってきた。

「由ちゃんが学校休んじゃって寝てるのよ。あとで声かけてやって。」

弟は最近、寝てばかりいる。学校も休みがちだ。彼の中で少しずつ何かがずれはじめている気配がする。家の中で異常なことがおこりつつある感じがする。そんなの気のせいだ、ともまだ言える、微妙なところだ。

「何だか変な感じになってきたね。あの子も。」

私は言った。

「そうねぇ……」

純子さんは言った。

「難しい。こういうのって。私男の子いないしね、子供が育っていくうちにはどこの家もこういうのって、多かれ少なかれ、きっとあるんでしょうね。」

「そうでしょうね。突然、あたり前のようにやって来るものなんだろうね、こういうのって。」

私は言った。

「各家庭に、はたからみると考えられないような問題があって、それでも食事したり、そうじしたりするのには何の支障もなくて毎日が過ぎて行って、どんなに異常な状態にも慣れてしまったり、他人にはわからないその家だけの約束事があって、どろどろになっても、まだいっしょにいたりするのよね。」

ありふれた内容のことばでも、家庭をなくした純子さんが言うとずっしり来る。

「どんなにめちゃくちゃでも、バランスさえよければうまく回るってことかな。」

私は言った。

「そうかもね。」

純子さんはうなずいた。

「それと、愛。」

「愛？」

あまりに唐突にそんなことを言うので、おどろいて私は言った。

純子さんは笑った。

「私もこんなの恥ずかしくて言いたくはないけど、ある種の愛が家庭を存続させるのに必要、なのよ。愛ってね、形や言葉ではなく、ある一つの状態なの。発散する力のあり方なの。求める力じゃなくて、与えるほうの力を全員が出してないとだめ。家の中のムードが飢えた狼《おおかみ》の巣みたいになっちゃうのよ。例えば家はね、実際には私が壊したっていうことになるんだけれど、それはきっかけにすぎなくて、私が単独でやったことじゃなくて、前から始まっていたのよ、家中の人々がみんな求めるばっかりになってね。それでも続けて行けるかどうかっていうせとぎわで、何が必要って、そりゃあ、妥協だってひともいるんだろうけれど、私は違ったわ。愛……っていうか、美しい力のある思い出っていうか。その人たちといていい思いをした度合いっていうのか……。そういう空気に対する欲が残っているうちはまだいれるんだと思ったのよね。」

わかる気がした。

こういうのもまた、一歩間違えると普通のおばさんの告白みたいなんだけれど、目の前で、ライブで聞くと壊す勇気を体験した凄《すご》みを感じる。

純子さんが出かけて、台所と居間は私ひとりになった。陽があたって光に満ち、まるで真昼の海辺のように乾いていた。

冷蔵庫から朝食を出し、ソファーに坐ってもそもそ食べた。

そして、自分が二日酔いなのに気がついた。

何でだっけ……と思った。思い出すのに少し時間がかかることがあった。ちょうどフロッピーからデーターを呼び出すときみたいに。

そして思い出した。

昨日は栄子と朝まで飲んだんだ。

昨夜、私がほとんど毎日アルバイトをしている骨董《こっとう》屋みたいな小汚なくかつかっこいいバーに、私の友達の中では一番のお嬢様である幼なじみの栄子から電話がかかってきた。

「朔美、頭打って入院してたんだって？」

と栄子は言った。

そうか、そんなに会ってなかったのか、と驚いた。声を聞いたとき、ついこの間会ったような感じがしたのだ。

しかし、「店が終わったら飲もうよ」ということになって、待ち合わせた近所の居酒屋について栄子を見たとき、会っていなかった時間をずっしり感じた。

彼女がものすごくハデになっていたのだ。

それはもう、私の記憶の百倍から二百倍くらいハデで、はじめ私は彼女を店がひけたホステスだとばかり思って見過ごし、だから彼女が私に手をふったことにびっくりしてしまった。

そう、居酒屋はがら空きで、蛍光灯の明かりだけがこうこうと光っていた。私は彼女を捜した。

「外人の考えた日本人」みたいな制服を着て行きかう店員、カップルが一組、酔いつぶれて寝ているおやじひとり、大声のサラリーマン三人組、人待ちのホステスひとり(と思ったのだ)……そのとき、

「よう、ブルーベリーの朔ちゃん。」

と居酒屋のマスターがカウンターの中から声をかけてきた。私がアルバイトしてい

る店は「ベリーズ」というのだが、彼はそれと自分の店の自慢のメニュー「ブルーベリーサワー」とを勝手に混ぜたまま自分なりにおぼえてしまっているのだ。

どことなく荒れた、深夜のその店の中で、彼女は真っ赤な唇、真っ赤なマニキュアで私に向かってほほえんで手を振っていた。

店のおやじに声をかけられて思考が中断し、挨拶《あいさつ》を返してから再び店内を見たとき、まだほほえんでいた彼女が、目に映るその画像と、私の知っている、捜していた彼女の絵とのずれがシンクロした瞬間、妙な快感があった。

私の目がとらえた、初めてのはずの見知らぬ人物。そこに知っている目鼻がものすごい速度の判断でぱちっとはまったのだ。

間違いさがしの答えが見つかった瞬間みたいだった。ハデになるということは、輪郭がはっきりしていて「濃くなる」ということだ。その濃い印象の後ろに、鉛筆でうすく描いた下書きみたいに、知っている栄子がいた。

「久しぶり。」

私は彼女の前に坐《すわ》った。

「どうしたの、ずいぶんハデになって。」

「そう？」

と栄子は微笑んだ。

「変わらないわよ、それより朔美よ、別人かと思った。髪の毛が短いせいじゃなくって、何だか印象がまるで違うわ。」

「きれいになったね、とか言えないわけ。」

試しに言ってみたが、いつものように、

「ううん、そういうことじゃない。」

と、真顔で言われた。

「大人びた、っていうんでもなくて……皮がむけた？ って言い方あるっけ？」

「よく言われる、最近。ひと皮むけた、でしょう？」

私は答えた。私は会ってみたい。少し前の、私と同じ顔と記憶を持つやつに。

「まあいいわよ、飲もう。」

栄子は笑った。

作り物のように完璧《かんぺき》に赤く光る唇の両端がきゅっと弓の形にあがった。

「やっぱり、水商売っぽいかなぁ、私。」

栄子が言ったので、私は力強くうなずいた。

「大学を出てはじめてOLになったときのような、そういう趣味の大変貌《へんぼう》を、この歳《とし》でする人なんて水商売くらいのものじゃない？」

「そうなのー、洋服買おうと思うとつい、バイトにも着ていける洋服、と思っちゃうのよ。だからね。」

「えっ、水商売してるの？」

「コンパニオンだけどね、時々。」

「会社やめたの？」

私は驚いてたずねた。彼女は父のコネで大会社に就職したのだが、上司と不倫の恋に落ちて悩んでいる……というのが本人から聞いた最後の情報だった。やっぱり月日は流れていたのだ。何もかもがどんどん変化している。

「やめちゃったのよ、コレで。」

栄子は笑って親指を立てた。

「親は知ってるの？」

「まさかー、何も知らないわよ。ばれたら勘当じゃすまされないもの。だからばれるまえにやめたんじゃない。そういうのには寛大だから、やめるのは何も言われなかったしね。」

「まだつきあってるの？」

「うん。」

「好きなの？」

「うーん、はじめはね。でも今はよくわからないなー、他に好きな人できないし、やっぱり大人だし、つまんないことかもしれないけどお店とかたくさん知ってるし、仕事できるしね。ほかの人といるより面白いのよ。」

「落ちていくねー。」

「そうよー。」

余裕のある笑顔だった。

何だかんだ言ってかなり年上の人と、けんかをしないつきあいでかわいがられている子のムードだ。

事のよしあしはともかく、悩んでないので安心した。最近多いのだ。はじめは笑っていても飲みはじめて少しすると突如泣いたりする奴《やっ》が。そういう年齢なのかもしれない。

でも、栄子は昔の印象の通りの、どこか優雅な怠惰さをたたえていた。

金の大きなイヤリング、高いヒール、ウエストがきゅっとしまったスーツ。ゆるいパーマがかかったあごまでのつややかな髪。短くてHで真っ白な指。小柄な彼女は、武装しているように完璧だった。

私の知っているのは、同級生で、とにかく上品で人あたりが柔らかく、高いが地味な服を着て、すっぴんで、むじゃきでおそれを知らないまっさらの彼女だった。

しかし育ちの良さや、貧乏の恐れがないことから醸《かも》しだされる妙に退廃的なムードや、努力を嫌うあきらめのはやさや、ハデ好きのミーハーさや、甘い声や、長くて色っぽい睫《まつげ》毛や、果てしない無駄づかいや、極端に年上の恋人たちや、当時のあらゆることが「今の彼女」になる因子を含んでいた。なるべくしてなったのだ。

だからろくにおぼえてもいないような私が、進化する前の彼女のアンバランスな清潔さが失われたことに感傷をおぼえるのはつまらないことだ。

そう思って懐《なつ》かしむのをやめた。

判断も評価もやめて、とりあえず今の彼女と楽しく飲むことにした。

「朔美はどうなの？」

突然栄子は言った。

「その、頭打ったっていうのは、何て言うんだったっけ、ほら、痴情のもつれ？」

「違う、単に転んだだけ。」

私は言った。

「勉強になったよ、単に転んで死にかけるなんて、考えたこともなかったもの。」

「無事で良かった。どうして連絡してくれないのよ。お見舞いにも行けなかったわ。」

栄子が言った。

「おぼえてなかったんだもん。みんなのこと。何だかわからないんだけどしばらく記憶が混乱しちゃっててさ。」

私は言った。

「簡単に言わないでよ。大変なことじゃない？　もういいの？　普通にしてて。」

栄子がびっくりして言った。私には少しずつが当然の成り行きだったそういうすべての過程を、突然まとめて聞けばそうだろうと思う。でも目が悪くなってコンタクトを入れる、そういうのに似ていた。私にとってあの事故とその後のことは。

あんなすごいことがおこったのに、単に私が私としてだらだら生き続けていつか死んでゆく、そういう流れの中に自分の中でいつの間にか自然に溶け込んでいる。日常というものの許容量とは、おそろしいものだ。

「うん、もうほとんど問題ないのよ、病院では検査にはまだ来いっていってるけどね。

異常ないし。」

私は答えた。

「混乱、って忘れちゃったってこと?」

「そうね、親の顔さえ一瞬わからなかったくらいで、自分でもびっくりした。わからないまま生きていこうかと腹を括《くく》った瞬間もあったくらい。ありがたいことに徐々に思い出したけれど。」

「何がおこるかわからないものね。いろいろあるのね。」

「いろいろあるのよ。」

私が言うと、栄子が興味ありげにたずねてきた。

「恋人の顔とかも、わかんなかった?」

「それがさぁ……。」

誰にもいってなかった衝撃の新ネタをはじめて公開することにした。

「恋人だったらまだよかったんだけど、たまたま会った死んだ妹の彼と、うっかり関係しちゃってさ。」

「何それ! おぼえてなかったの? 真由ちゃんの彼氏だったってこと。」

栄子は言った。そうだ、この人は真由の葬式にも来たのだ、と思い出し、突然話がなまなましくなった。

「おぼえてたんだけどね、ほら、実感がなくて、記憶があいまいだから。」

言いながら笑ってしまった。栄子も笑って、何それ、と言った。

「そのひと作家でさ、真由が死んでから旅ばっかりしてたんだよね。だからもともとあんまり身近にいない人だったな、っていう記憶が一番強くて、真由の彼だったっていうほうは、頭ではわかってたんだけどぴんと来なくてね。」

私は言った。

すると栄子はにやにやしながら、

「そうかな、わざと忘れたんじゃない？　もともと気があったんじゃない？」

と言った。

「正直言って、それだけが今もわからないのよ。」

「え？　好きかどうかが？」

「っていうか、自分が昔彼をどう思っていたかどうか。真由がいるとき、死んでから、彼が旅に出てから、そのどの時期に自分が彼をどう思っていたのか、ないまぜだし、謎《なぞ》なの。」

「人間って、そんなに厳密なもの？　いつ、何時何分に、どうして好きになったか、ってことある？」

栄子が言った。私はわりとそうなのだが、言わなかった。

「……でね、彼からの、旅先からの手紙っていうのが、どっさりあるんだけど、読んでいくとしだいにラブレターっぽくなっていくんだ。そういうのってうさんくさいね、信じられなくてね。」

「どうして、すてきじゃない？」

「会ってもいない私なんて、私じゃないよ。」

「男の人って、そういうものよ。」

栄子があまりにも栄子らしいことを言ったので、宴席半ばにしてはじめて本当に〝懐かしい、久々に会った〟という感じがした。

栄子の芯《しん》に触れたような感じだ。いつも新鮮でどきっとしたものだ。私にはないこういう生々しい割り切り方。リアルな潔さ。

すると突然、これに触れたいくつもの場面がフラッシュバックした。ああ、私はずっと栄子のことが好きだったんだな、と実感した。

「それはともかく、私がそれに返事を書いたのか、どういうことを書いたのかが、その時も今も思い出せなくてね。」

「それはまずいわね。」

「どうしても想像の域を出ないのよ。事実だ、という確信がある思い出がないの。」

「で、どうなったの？　その彼とは。」

「会ったのが、彼がいつもどるか決めてない中国旅行に行く三日前だったのよ。それで、旅立って、それっきり。」

「手紙は？」

「来るんだけど、旅の様子だけ。」

「日本に帰ってこないの？」

「本が出るときたまに寄るらしいけど、めったにはね。寄っても一、二日だったり。そのときはたまたま一か月いて、日本国内を回っていて、最後にこっちに寄って、私の事故のことを聞いて、慌《あわ》てて連絡して来たのよ。」

「で、そういうことになったと。」

「彼にとっても意外な展開だったんだろうな。」

「朔美にもね。」

　栄子は笑い、続けた。

「本当は、前から好きだったのよ、だから真由ちゃんのことがつらくて、忘れたくて、無理に忘れちゃったんじゃない？」

「そうかな……少なくとも真由が死んでからだと思うんだけど。その前はどう考えても何とも思ってなかったような気がする。」

私が言うと、栄子は私の肩をたたいて、

「いいのよ、そのくらい思ってたほうが。あなたは潔癖すぎるの。」

と笑った。三杯目の生ビールが回っていて、赤い目尻《めじり》がきれいだった。映像と声と言葉とが美しく組み合わさった、栄子という芸術にみとれていた。

あの朝、はっと目覚めたとき、

「うわー、何て面白いことになってしまったんだろう！」

とあらためて思った。妹の彼がとなりでぐうすか寝ていた。曇った朝で、銀座の、東急ホテル。大きなベッドルーム、広い窓。ビル街に淡い光が反射していた。

といっても記憶はしっかりしていた。まだ手術後の安静期間で、自宅には帰ったものの酒も、運動も、ましてセックスなんてもってのほかという時期だった。

前日、母と純子さんは看病疲れ（私の）を癒《いや》すために温泉に、弟と幹子はディズニーランドへ出かけ、私は安静に留守番をしていた。そこに電話がかかってきた。竜一郎から。

泊まっているホテルの名を言い、私の事故に驚いていた。私は退屈しきっていて、出ていくから会おうと言った。下のティールームで待ち合わせた。

私がほとんど坊主《ぼうず》のような頭なので、彼は驚いて、かっこいい、と言った。そして、

「朔美ちゃん、変わったね、すごく。」

と言った。

昔、友達の家で冷蔵庫を開けたとき、赤くて丸い大きなものが入っていた。よく知っているものなのに、一瞬何だか思い出せなかった。それはすいかだった。フルーツポンチを作るために、丸く皮をむいたと言う。大変な手間だろうに変なの、と思ったし、何よりも自分がそれをすいかだ、とすぐに思わなかったのが面白かった。どういう感じかというと、君のはそれに似た変わりかただ、

と作家らしいたとえ話をした。

人は、何を基準に、ある人を自分の知っているその人だと思うのだろうか。

そのとき本人には言わなかったが、彼もまた、私の知っていたはずの彼ではなかった。もっとふっきれていたし、すっきりしたいい顔をしていた。彼は旅をしまくって、彼の書くもの、そういう迷いのないものにどんどん近づいている、という印象を持っ

た。それが、一回記憶の洗い出しをしてしまった私の目のほうが変わってそう見えたのか、本当にそうだったのかはわからない。

　そしてその後当然のことのように、部屋に上がり、泊まってしまった、それは、「長旅で女に飢えている」レベルから、「私が手術後初の外出で少し浮かれていた」こと、さらに、「もともとおたがいに興味があって、こういうタイミングを待っていて」「ほぼ別人として出会えた」「これは奇跡で、神に感謝する」という美しいレベルまでを全部包括した永い夜になった。

　とにかく、いい夜だった。

　私は退院からまだそんなに日がたっていないことを彼に隠していた。

　激しい運動の結果、どこかおかしくなっていないかな、と起き上がって歩いてみた。何ともないようだった。

　時計を見たら昼だった。チェックアウトだよ、と竜一郎を起こした。不思議そうに私と室内を見たので、そしてそれがいかにも「起きたとき自分がどこにいるかが決まってない旅人」の表情らしかったので、私は笑った。

　それから、少し気まずい感じで食事をした。彼は滞在を一日延長して、幸いその部屋が空いていたのでそのままそこでルームサービスを取った。

サンドイッチとジュースと、サラダと卵料理とベーコンとコーヒーの、私がこの世で一番好きなタイプの朝ごはんだった。

しかし、食べている途中でいよいよ「祭りの終わり」的しぼんだ気分になってきた。竜一郎はもうすぐまた行ってしまうし、帰ったらこのむちゃな外出を母親にすごく怒られるに決まっていた。たぶんもう旅行から帰っているだろう、いかにもちょっと出かけちゃっただけ、という感じの演技をしなくちゃいけない、ああ、骨が折れる。

そういえば、家は外泊には寛容なのだろうか？

というのがどうも思い出せなかった。

いがいに気にしないようにも、詮索《せんさく》されそうにも思えて、私はまだ「お母さん」を思い出せていないことを痛感した。

不安というよりも、何もかもがぼんやりと浮いていた。自分にまつわるすべてがとても遠いことのように思えた。

ちぇっ、何もかもがつまらない、という顔をしていたのだろう、竜一郎が言った。

「頭でも痛い？」

ううん、と私は首を振った。

「旅先で、病気はしなかったの？」

とたずねると、

「風邪ぐらいはね。」

と言った。

「簡単に旅人になっちゃったね。」

「簡単だよ。俺みたいな奴《やつ》、沢山いたよ。」

「ずっと、旅行してる人？」

「うん、いろんな国籍のそういう人を見た。今やどこに行ってもいるよ。多少は自分が特別なことをしているような気分でいたから、そういう奴が余りにも多かったのに衝撃を受けたよ。」

「そうかー。」

「簡単だよ、誰だって二、三日の事務処理で、すぐ日常から離れられるよ。あり金がつきるまで、一、二か月は遊んでられるよ。」

「それはそうなんでしょう。」

何の気なしにうなずいた。

「今度一緒に行こうよ。頭が治ったら。」

竜一郎が言ったので驚いてたずねた。

「どこまで?」

「とかいつまで、とかなく。」

と彼は答えた。

「そのうちね。」

私は言った。

私はそのとき彼に、一夜を共にした人に抱くような気持ちしか持っていなかった。髪の匂《にお》いや、手のひらの感触を慈《いつく》しむ程度、それ以上でも以下でもなかった。しかし彼に対するそれは多分前の私にはひとかけらもない感情だった、ということはわかっていている気がしていた。

「また会えるかな。」

彼は言った。まどろっこしい言い方をするなよー、この野郎。と思ったけれど、真由のことで気を使っているのを知っていた。そういう上品さを知っていた。

「私は……」

私は言った。向こうの部屋では、昨日一緒に寝てあんなこともこんなこともしたベッドが、薄日に照らされていた。

「会ったらまた会いたくなって、一回セックスをしたら、またしたくなって、二、三、四回って増えていって、それが恋だと思うので、そんな、たまにしかいない人のことはそんなふうに考えられませんよ。」

「そりゃそうだ。」

と彼は笑いながら言った。

私も笑った。

「じゃ、明日は会えるかな。」

「母親が出してくれない、今日だって帰ったら怒ってると思うし。」

「そんなにきびしかったか？　君んち。」

「病みあがりの無断外泊だから。」

「そうか。」

「そうなのよ、多分。」

そのとき、テーブルの上の、からっぽになった銀の食器や、サンドイッチののっていたバスケットに目を落として、同じ欲望が芽生えた。相手が言わなければ私が言っていただろう。

「じゃあ、今もう一回しようか。」

と竜一郎が思い切って先に言った。私は笑ってうなずき、またベッドに戻った。

そういうことがあった。

「子供のときはみんな同じ、将来お嫁さんになるはずのかわいい子たちなのにねー。」

栄子が言った。

「どうしてみんなこんなんなっちゃうの？」

わたしは笑った。

「そこがおもしろいんじゃない？　来年の今頃は、あなたも誰かの妻かもしれない。何があるかわからない。」

「あたし、永遠に今のままでいいな、つまんない昼間ひとりでぼーっと、今夜はどんなにいやらしいことしようかな、早く夜が来ないかなって、夜を待っていたい。」

栄子は言った。

「幸せなんだね。」

私が言うと、鼻にしわを寄せて笑った。

夜明けに別れた。

朝の町に靴音を響かせて、小さな後ろ姿で帰っていくのを見送った。

朝焼け、光る空。去っていく友人、酔い。

転んで死んでいたら見られなかった。

あまりにもきれいな東京の夜明け。


回想していたら突然、弟が降りてきた。

恐ろしく不機嫌そうに寝ぼけていて、死人のように青くて、声をかける気にもならなかった。

「まだ寝る。」

たずねてもいないのに、答えるのがいやそうに彼は言った。

「ゆっくり寝なよ。」

私は言った。

弟はうなずき、冷蔵庫から牛乳を出して飲むと、部屋を出ていった。

変なの、と思って視線を戻したら、

「朔ちゃん。」

と言いながら戻ってきた。不機嫌というより、本当に眠くて話すのもおっくうだ、という感じだった。

「何？」

私は言った。

「あれ、僕だったのに、もうすぐ会えたのに。あの、木に隠れちゃってたの。」

彼は言った。

「何の話？」

さっぱりわからなくて、言った。

「だから！　ブルーベリーの夢、見たでしょ。」

いらだたしそうに彼は言った。

ああ！　そうか。今朝の夢の木は、ブルーベリーだ！

と思いだしてはっとした私の耳に、眠さに押されて階段を上っていく弟の足音が聞こえた。

5

ぬるい空気の中、疲れてプールサイドに坐っていた。

人々は禁欲的に泳いでいる。高い天井の下、水しぶきをあげて。子供たちは小さいほうのプールで歓声をあげている。

幹子が上がってこちらに歩いて来るのが見えた。その水着姿をじっと見ていた。

「疲れたー。」

と幹子が言ったのとほとんど同時に私は言った。

「明らかにやせたよ、あんた。」

「本当ー？」

幹子は笑った。水滴をぽたぽたたらしながら。

「本当、絶対にやせた。」

「体重はほとんど変わってないんだけれどね。」

「しまってきたんじゃない？」

「朔ちゃんも顔が小さくなったような。」

「そう？」

嬉《うれ》しくて私も笑った。

「あと一週間、がんばろう。」

「うん。」

「もう少ししたら、もう一度泳ぐわ。」

「私も。それであがろう。」

彼女は水を飲みに向こうへ歩いて行った。

毎日プールに通いだして、一か月になっていた。私はバイト、幹子は学校があってかなりきつかったが、それでも取りつかれたように夢中に通いつめていた。泳ぐのが楽しくて仕方なかった。


春先の暴飲暴食がたたって、五キロも太った。五、という数字よりも、体重が生まれて初めて五十の大台にのったことが、さすがにショックだった。未知の体重には未知の考え方があるのかと思ったくらい、自分の体を重く感じた。

家の中にもっと深刻な人がいた。ゴルフのサークルをやめてから軽く六キロ太ってしまった幹子だった。もともと太りやすい人なのに、毎日ごろごろしてるか飲みに行くかの生活をしていたのだ。同じ家の中で、顔を合わせるたびに彼女があんまりやせたがるので私までこの重くなった身体を罪悪のように感じはじめていた。

「朔ちゃん、何とかしようよ。」

ある夜中、春中通いつめていた屋台のラーメン屋の帰り道に幹子が言った。

「食べ終わって我にかえったのね。」

私は言った。

「そうよ、こんなことしてちゃいけないわ。」

ぷりぷりしたほっぺたで幹子が言った。

「でも、あそこのラーメンはおいしいよ。私、後悔してないな。」

と私が言うと、

「私も食べる前はそう思ってた。」

幹子が笑った。

私は思いつきで言った。

「じゃあ、やせよう。二人で組めば、ダイエットも楽しいよ。」

言ったら、それがすごく楽しいことのように感じた。幹子がいいかも、と言った。

「やろうか。」

「やろう。」

そして毎日のダイエットと、プール通いの計画を立てながら歩いた。

「でもさ、この、『このままではいけない、何とかしなくちゃ』と思いながら帰る夜道っていいよね。ぞくぞくするね。」

幹子が言った。

「何か、自分がここにいるって感じがする。」

「マゾっぽいなあ。」

私は笑った。そして、胃が重くて頭がぼけた状態で見上げる月の美しさを確認した。夜道の静けさ。風の匂い。

そして思った。

夜中の食欲は悪霊《あくりょう》だ。個人の人格と独立して機能している。

アルコールも、暴力も、ドラッグも、恋愛も。多分、ダイエットすら。

耽溺《たんでき》はみんな同じだ。

善悪ではない、生きている。そしてやがて飽きる。飽きるか、取り返しがつかなくなるか。そのどちらか。

飽きると知っていても波のようにくりかえしやってくる。姿形を変え、浜を洗い、よせてはかえし、静かに、激しく。

くりかえす、過ぎていく。

遠い風景。緊張と緩和がもたらす人生の、永遠の海辺。

何だろう、何を見ているんだろう?

それを通して。


プールの帰り道、幹子がふと言った。

「しかし、こうして運動しては食べ物を減らせば確実にやせるわけよね。」

「そうよね。」

サウナで測ったら、私も二キロやせていた。

「なのに、どうしてダイエットはたいてい成功しないの。」

「ひとつにはそのひとが太ったのはその生活態度のせいで、それは当然の結果というか、その生活にとっては必然でしょう? 変えるのは容易じゃない、っていうことじゃないかな。もうひとつは、欲望っていうものは生きていて、それだけですごい力を持っているから、食べない、運動、やせる。それだけの簡単なことを信じることができないように、脳の中で自発的にねじ曲げるんでしょうね。人間ってすごいね。」

「そうね、それに多分私、ひとりだったらだめだったな。自分に言い訳して適当にやってたと思うな。朔ちゃんと一緒で楽しかったから、こんなに通えたんで、ひとりだったらつまらなくてこんなに熱心にやせないな。他に楽しいこと見つけちゃう。」

「人間は機械じゃあないもの。禁欲はつらいよ。嫌な時間ってさ、永遠だよね。育児ノイローゼも、看病疲れも、終わるときが見えなくなる苦痛から始まるんだもの。」

「楽しかった、やせるの。」

幹子が笑った。

「また太ったらやろうよ。」

私も笑った。

「女が四人も家の中にいたら、太るのなんて簡単だよ。」


ところが、意外な副作用があった。

やせてからも泳ぎたくて泳ぎたくて仕方なくなってしまったのだ。

幹子は違った。すぐにけろっとして、街に出たり、家でTVを見たりしていた。プールのことなんて忘れてしまった。

私は体にいいだろうな、と思って暇な日はあいかわらずひとりで通っていた。問題は暇じゃない時、とくにバイトに行く前だった。泳いでからバイトに行くと疲れて死にそうになる。体に悪い。毎日泳いでも仕方ない。明日行こう。そうわかっていても夕方、むしょうに水に入りたくて、苦しくなった。渇望《かつぼう》だった。そして心はついせんだって、狂ったようにプールに通っていた日々を涙が出るほど懐《なつ》かしむ。頭をかきむしるほど、泳ぎたい。

自分のまともさに自信がもてなくなってくる。記憶がいいかげんなのより、私にとってはこっちのほうがよっぽど怖い。

昔からそうだったらしい。

何でも、夢中になると倒れるまでやる子だった、と母は言った。

私はそんなことさっぱり覚えていなかった。別人の話かと思ったくらいだ。

どうしてそれが、こんなのんきな子になっちゃったんでしょう、と母は笑った。本当だ、と私もその時心からそう思った。

でも時々、野獣のようにこういう、何かをやりすぎて何もかもをめちゃくちゃにしたいという欲望が沸いてきて、理性を超えて体の中を駆けめぐる時、見知らぬ子供の自分自身に出会う。

「誰なの？　あなたは。」

「いいからやりぬいちゃおうよ。」

私はだまされたくなくて、聞いてやらない。我慢する。ずらしているうちに、嵐は去って行く。そう、私はもっと楽しいやり方を知っているんだよ、と自分に言い聞かせる。

その日も私は泳ぎたいという気持ちを抱えて、居間に坐《すわ》っていた。

再放送のドラマはすでに頭に入っていなかった。ただ水音が、塩素の匂《にお》いが、ロッカールームからの暗い通路が、懐かしい天国のイメージで夢のように繰り返し頭に浮かんだ。

いらいらして、バイトを休んででも泳がないとすっきりしないような気すらした。そんなの簡単だし、よくやることなんだけれど、少し違う。楽しさが伴わないこういう欲望は優先したくなかった。真の集中はもっとフレキシブルなものなのだ。

そういうばかばかしい理屈をいくつも考えて時間を何とかつぶしていたら、弟がやってきた。彼は今日も学校を休んで、家で寝ていた。階段をゆっくりとおりてきて、音もなく台所に入ってきたのを背中で感じて、私はソファー越しに振り向いた。

弟は最近服装もおかしい。たとえば、シャツの色や、合わせる靴下とかそういう問題ではなく、本人のトーンがアンバランスなのだ。

自信のある子のアンバランスは、それを勢いでねじ伏せてひとまわり大きくなる気持ちのいい外見をとるが、弟は違う。

自分では平静を演じているつもりなのだろうけれど、緊張や、不安や、それに気づいてほしいという甘えが透けて見える。

身内であるということから、失望から、かすかな嫌悪《けんお》を感じる。反射的な嫌悪なので、どうしようもない。過敏な彼にはそれが伝わる。だから寄ってこない。何となく気まずい。

このところそういう悪循環が続いていた。

彼は、内心いらいらしながらごろごろ寝ている私を一瞥《いちべつ》して、

「今日はプール行かないの？」

といきなり痛いところをついてきた。

偶然ではない、こんなことばかりだった。目を読むのだ。私と話したいという気持ちよりも、好意よりも何よりも先に彼は今、自己を防衛する。瞬時にあらゆるデータ

ーを解析して、私に分析される恐怖を回避する。情けない。

「もうあきたんだよん。」

私は言った。

「ふーん。」

弟はこびるような目をしていた。私をむかむかさせる、弱者の目だった。

「おまえは？　学校行かなかったの？」

私はたずねた。

「うん。」

弟は言った。

「気分悪い？」

「うん、少し。」

確かに顔色は、このところずっと悪かった。

「一日寝てるの？　そのへんに散歩でも行こうか？」

「出たくない、これ以上疲れたくない。」

「どうして疲れてるの？」

「言っても信じてもらえない。」

弟は言った。細い手をポケットに入れて、所在なさそうだった。

彼の中で何が起こっているのか、どうして彼が私の夢にはいりこんだりできるのか、私にはわからない。きっと永久に。

私の中で何が起こったのかを私が知ることができないのと同じくらい等しく。

だから、この等しい世の中で、あげあしを取りあうより楽しいあり方があるような気がするのだが、こんなことが幼い彼にどう言ったら伝わるだろう？

私は考えた。

「何がしたい？」

とたずねると、

「お父さんに会いたい。」

と言った。

「そういうことにすり替えちゃだめだよ。お父さんは会っても特別わかってくれたりしないよ。でも会いたいなら、連れてってあげるよ。あんたのお父さんは生きてるし、いつでも会えるんだから。」

ひどいかな、と思ったけれど、言った。

「でも、どうしていいか、わからないんだ。」

弟は言った。

「学校にも行けないし。あせってるんだ。」

「そういうときって、あると思うよ。ずうっと、家にいるときとか、考え事が止まらなくてじぶんがみじめになるときとか。大きくなってもあるよ。何でもできるようないい気分になるときと同じくらい、あるはずだよ。そういうのくりかえして、時間が過ぎて行くんだよ。誰もこのくらいで、おまえを決めたりしないよ。悪い子だとか、つまんない、困った子だと思ったりしないよ。

弱い子だとも思わないよ。

たとえ思っても、いくらでも取り戻せるよ。もう出ておいでよ、出かけよう？　何もかもはしてやれないけど、バイト先に連れてってやるから。」

私は言った。

弟は、のら犬がかすかにしっぽを振るように目を伏せたまま近くにやって来た。そしてしばらく、ただ並んでTVを見ていた。

母には何も言わなくても、私にだけ考えを打ち明けることが最近の彼には時々あった。

その度に私だけが「いい役」にならないように気を使ってきたが、母は意外にそういうことにはこだわらなかった。やきもちは焼くが、うまく行きさえすればいいわ、というような変なおおらかさがあった。

だから、母に置き手紙だけして、彼女が戻る前に弟を連れて家を出た。

聞けば、彼はもう一週間も外に出ていないそうだった。空気がおいしい、と彼は言った。

ずうっと、安全な室内にいると、人間は家に同化して家具のようになってしまう。町でよく見かける、外にいるのに服装も顔も室内のままな人。のっぺりして反応が鈍く、人の目を見ない、ゆるみきった人。野性を忘れてしまった目をしている。

弟にはそうなってほしくなかった。

水を求めていらだつ姉と、おびえたようにもさもさ歩く弟。連れ立って、夕方の町を歩いて行った。月はまだ低く、澄んだ群青《ぐんじょう》の空に輝いていた。西空にまだかすかに、あまい赤が残っていた。

見るからに小学生の彼を飲み屋に連れていって、仕事中、いちばん奥のカウンターに坐らせておいた。店はそこそこ混んでいて、あまりかまってやれなかった。やることがない彼ははじめ暗がりで少年ジャンプを読んでいたが、読みおわっていよいよひまそうになった。家に帰る？　と聞くと首を振った。しかたないから、店自慢の、マスターが自分で作った秘蔵のサングリアを飲ませておいた。甘くておいしい、と彼はがばがば飲んだ。むしゃくしゃしていたので、私も飲んだ。少し気が晴れた。酔ったせいか、人の流れを眺めているせいか、夜が深くなったころ、彼の目が生き返り始めていた。知っている、家族の顔だった。

人の顔は不思議だな、と思う。

心がここに戻ってきただけで、愛しい輝きを放ちはじめる。

安心して、私の顔もゆるんだ。

そして知った。プールのせいだけではなく、家の中に強くこわばった人間がうろついているだけで、空気が張りつめて影響を受けるのだ。

弟連れの私をふびんに思ったのだろう。マスターが十二時にあがっていいと言った。子供を連れてきてみるものだ。喜んで私は仕事をやめた。

「声が聞こえてくるんだ。」

夜道で弟は突然言った。

来たな、と思った。

ここで受け止めそこねると、大変なことになるのです。と児童心理の本によく書いてあるあの瞬間なんだけれど、いざとなると身内なので適当で大丈夫なことが実感としてよくわかった。

「何を告げる声なの？」

私はたずねた。

酔いざましにと買った缶入りのウーロン茶を飲みながら、弟は歩いていた。説明の言葉がもどかしい、というように、彼はゆっくりと話した。

「とにかくいろいろなこと。ささやくように、どなるみたいに、つぶやいたり、男だったり、女だったり、絶えず、がちゃがちゃと何かが話しかけてくる。」

「あの、小説書き始めたころから、ずっと？」

「あの頃は、時々だった。」

彼は目を伏せた。

「今は、ずっと。どんどんひどくなってる。」

「それは、疲れるよ。」

私は言った。

「命令とか、音楽とか、朔ちゃんの夢の画面とか。寝てると、まだいいんだ、画面もあるから。でも、起きてると、音なんだ。時々、気が変になりそうになるよ。」

「それは、そうよ。今は？」

「今は聞こえない。かすかに何かの音がするだけ。」

耳をすますようにした後、弟は言った。

「おまえはラジオか？」

私は言った。

「わからない、誰にも言えなかった、信じてくれる？」

「信じるよ……でも、たとえば、具体的にはどういうことなの？　誰かがおまえを頭の中で責めたりするの？」

私はたずねた。

「ううん、そういうのはない。」

弟は首を振った。

「たとえば、インディアンの祈りとか……。」

「何、それ。」

私が言うと、弟は必死で説明した。

「この間、道を歩いていたら、突然誰かがずーっと低い声で話しているのが聞こえてきた。よく聞いてると、わかってくるんだ。言葉になってくるの。私はあなたのまえに一人の人間として、あなたの多くの子供たちの一人としてたっています、私は小さく弱い……って、ずっと、続くんだ。何回も。帰ってあわててメモしたんだ。その間、ずっと繰り返してた。お祈りだってことはわかった。でもきいたこともないお祈りで、わからないまま放っておいた、そうしたら、この間偶然、図書館で開いた歴史の本に、それがのっていたんだよ、信じてくれる？　ほとんど間違いなく。名もないインディアンの、お墓に刻まれた、有名な祈りだったんだ。」

「おまえには、日本語で聞こえたの？」

「わからない、でもそうだと思う。」

弟は言った。

どう言ってあげていいか、わからなかった。真偽や病名を超えて、大変そうだから。

「はじめは、使命だと思った。」

「使命？」

私は問い返した。

「聞こえることを、本にするのが。でも、そうやって聞こえてくるのがもともとあることや、ひとの考えだったら、盗作だ。と思って、怖くなっちゃったんだ。怖くなると、ますます、いろいろ聞こえる……」

「ノイズが増えるんだね。」

私が言うと、弟はうなずいた。

そして、泣いた。

彼が赤ん坊の時に私が隣の部屋で、毎夜いやっていうほど聞いた、あの無垢《むく》であけすけな涙ではなく、ぽろぽろと静かにこぼれる、大人の行きづまりの透明な結晶だった。

「よくがんばってるね、頭がフル回転なんだものね。無理だよ、学校に行くのは。」

私は言った。

「頭がおかしくなっただけかな。」

悲しそうに彼は言った。

「どうしたらいいの？」

「うーん。」

私は言葉を探したが、見つからなかった。

「とにかく坐《すわ》ろう。」

と言って、壁を背にかがんだ。

「疲れたよ。」

と言って、弟はずるずると私の横に坐った。私は言った。

「とにかく、お母さんにはむやみに言わないほうがいいよね、それから……」

「それから？」

「おまえが、ある種のラジオになったと仮定してよ、ラジオの命は何だろう？」

私はたずねた。

「番組を選べること。」

弟は言った。

「そうだと思う、チューニング、そして、好きにスイッチを入れたり切ったりできること。」

私は言った。

「それがないと、ラジオはいいものではなくなる、それは確か。自分が何を、いつ聞きたいのか、選べるようになりさえすれば……」

「どうやって？」

「うーん。」

口で言うのは簡単だった。自分を信じるとか、拒む意志を育てる、とか。でも、そんなのは平和な午後「こうすればあなたはやせる」という特集を、せんべいをかじりながらぱらぱらめくってその気になるのと同じくらい無意味なことだった。口でならどんなに偉大なことも言える、でも自分にできそうにないことを人には言ってはいけない。

まして彼はまだ子供だ。

自分の欲しいものをまだ本当には選べない年だと思う。

私や幹子でさえ、夜道で決意したことを、二人がかりでやっと実行できるくらいだというのに。

説明が難しかった。

私は黙った。夜は油のように重く、静かに町並みを満たしていた。あらゆる路地、街角が意味を持って暗く黙っているようだった。

背中に触れる冷たいコンクリートの感触が、しみてくるようだった。

途方に暮れた私が、

「毎日、プールにでも行こうか。」

と言ったのと、それは同時だった。

「また聞こえた。」

と言って、弟がぱっと顔を上げた。

目を見開いていた。

何もかもを見ようとしているように。

そうか、頭で直接聞くということは、聴覚よりも視覚により近いんだ、と知った。

「何て。」

私は平静を装ってたずねた。

「朔ちゃん、今すぐ神社に行こう。」

弟は言った。

「何しに？」

「円盤が、来るって。」

弟は言った。

「もし本当に来たら、僕のこと信じてくれる？」

「今でも別に疑ってはいないよ。」

私は言った。その必死すぎる目に引き込まれないように、心をそらした。街灯に照らされた小さな手を見ていた。暗くのびる、細い影を見ていた。

「はやく。」

弟は立ち上がった。

「うん、行ってみよう。」

私も立った。

「神社って、坂の上の？」

「そう、急がなくちゃ。」

彼は走りはじめた。私は小走りでついて行った。

不思議と爽快《そうかい》な気分だった。わくわくする感じ、自分が別のリアリティに入り込んだ気分、久々にこれを味わえただけでいいと思った。

「朔ちゃん、はやく、はやく。」

薄暗い坂道を駆け登って行く弟は、もう不安な顔をしていなかった。だからといって狂信的な顔というのでもない。

道端で見る、お地蔵さんのような、すっきりしたきれいな表情が、闇《やみ》に映えた。

鳥居をくぐり、神社の狭い石段を登って行くと、遠く、線路や家々がシルエットになって見えた。巨大な夜。貨物車の駆け抜ける音が、音楽のように響いた。

私たちははあはあと息をついて、暗い木々の間に立った。ものすごく濃い、みどりのにおいを発散していて、苦しいほどだった。

夜空はただそこにあって、街あかりを映してぼんやり光っていた。

どこに円盤があるってんだよー、と笑いまじりに私が言いかけたとき、眼前の暗い町並みとネオンのがたがたした切り絵と空の区切りのラインから、ちょうど目線のあたり、夜空を切りわけるようにツーっと、左から右、光る飛行機雲のようなものが横切った。

はっとした。

それは私たちの目の前の景色の真ん中あたりで、地上のどのようなマシーンよりも優雅な止まり方でぴたり、と止まって、
ぴかーっと輝いて、消えた。

私が今までに見たどの光よりも凄烈《せいれつ》だった。想像して言うなら、苦しみのうちに胎道を通りぬけて、初めてこの世に生まれ出る瞬間のまぶしさのようだった。それくらい美しく、清らかで、くりかえせせない発光だった。いつまでも見ていたかった。

それにつきた。

もう言葉ではなかった。いつまでも見ていたい、きれいな白だった。

「すごい！　すごい！　すごい！」

私は言った。

「すごかったね！」

弟はうなずいた。

「由男のおかげで、いいものをみた。ありがとう！」

はしゃぐ私に比べて、彼は浮かない顔をしていた。

「どうしたの？」

私はたずねた。

「ね、本当でしょ？」

弟は言った。

「僕、どうなっちゃうんだろう。」

「嬉《うれ》しくない？　今の。」

私は言った。

「嬉しいとかじゃない。」

彼は、複雑な顔で言った。

「そうか……」

私は黙った。

そして、ふだんめったに見ることができないあんなにきれいなものを目にしたのに、喜ぶことができない彼がふびんだった。

理屈とか、本当かうそかではなく、びっくりしたり胸打たれたりしてほしかった。できないほど、疲れている。

「何とかしよう。考えよう。とにかく帰ろう。私は、見れて嬉しかったよ。」

私は言った。弟はうなずいて、少し笑った。

何とかしたいな、と思いながら並んで帰った。

6

春が来ていた。

コートを着る回数が減ってゆくのと同じ速さで、空気が暖かくなっていく。

少しずつ、庭の桜が開いていく。二階の窓から、庭木の緑の中のピンクの分量がじょじょに増えてゆくのを毎日見ているだけで楽しい。

竜一郎から手紙が来た。ある退屈な真昼に、ポストに入っていた。

朔美さん
お元気ですか。
私は今、「なぜか上海」です。
中国はいいところです。
人数多いけど。
もうすぐ(年内)日本に行く。

文庫が出るそうなんで。
会ってくれるか心配です。
でも、会えるのを楽しみにしています。
時々、すごい景色を見ると、見せてやりたいな、と思い、日本恋しさとあいまって
とても会いたくなります。
このへんは、何もかもが大きくて、仏像なんて、笑っちゃうほど大きいです。
では、また。
竜一郎より

この人、本当に作家なのかな、と思うほどできとうな文章で、でも有無を言わせぬ懐《なつ》かしい匂《にお》いを感じた。
まるでアンドロイドの壊れた記憶回路のように、
あひるの子の刷り込みみたいに、
頭を打って目覚めて、初めての記憶はこの人だった。生まれ変わったようなまなざしでまだよくわからない、なじみのないこの世界にひとり立ったとき、何もかもが不確かで手探りの状態の不安な新しい私に、初めに刻み込まれたのは、彼の熱い肌の感

触だった。

そういう自分の新しい記憶が愛しかった。

きっと、会ったら涙が出るほど嬉しいだろう。

こうして離れていてふと、私の知っている彼のいいところを思うと、あまりのすばらしさに胸が苦しくなる。その文章の才、礼儀正しさ、行動の大胆さ、おおらかさ、手の形、声の響き……等。

そして悪いところやずるいところを考えると、あまりの憎しみに息が苦しくなる。私を旅に誘ったりする弱さ、妹の死に対するある種の冷酷さ、ろくに日本に帰らないくせに、来るとなると会いたがるずるさ……等。

ほかの人にはこんなに感じないひとつひとつの感覚が活性化される。その振幅がそのままその人を思う心のベクトルの大きさだ。人間は苦しい。不完全なひとりが、不完全なひとりを思い丸ごとを受け入れようと苦しむ様は、なぜかそれぞれ胸のうちの嵐《あらし》とは別のところで、ときどき妙に生き生きとしたあるひとつの像を結ぶ。

人間がかろうじて日々を生きているわけみたいなもの。

いちめんに咲いた桜並木みたいに大盤振る舞いの美しくやさしいエネルギー。

ただ さらさらと花びらが散り、陽がさして風が吹き、はるか続く木々がいっせいに揺れて舞い狂うピンクとすきまの青空の甘い色に圧倒されて立ちつくす。知っている。一度しかなく、一瞬で終わる。でも自分がその一部に永遠に溶け込んでいる。ワンダフル、ブラボー！　そういう瞬間を、人は苦しんでも求める。

弟の調子は確かに良くなっているように見えた。

時々一人でこわばった顔をしていたが、あのUFOの夜を境に、私が共に目撃して彼の妄想ではないということを確認したせいか、それで話せる人間ができたせいか、少し気が楽になったようだ。

そして、だからこそ私にむやみに相談したり頼ってはいけない、という自覚とか決意がその表情の中から時々感じられることがあって、弟ながら偉い、と思う。

いい男の子だ。

私はできれば弟にはいい男になってほしい。泥棒でも、変態でも、女たらしでも、何でもいい。いい男に。

でも彼におこっていることについて、決して楽観的ではなかった。

楽になったからって、解決したわけではない。いつかまた、悪い時期が来るだろうし、楽になった分、反動とか落ち込みもひどいだろう。

何ができるだろう?

一人のとき、よく考えた。

何かしてやりたい。

どうして人は人に対してそう思うのだろう。何もしてやれないのに。

海が海であるだけで、よせてはかえし、時には荒れ、ただそこに息づいているだけで人にさまざまな感情を喚起させるみたいに、ただそこにいるだけの人として生きていきたい。がっかりさせたり、恐れさせたり、慰めたり。

でも、もっと何かしたい。そう思うことを止めることができない。

私は妹を亡くした。目の前でどんどん死んでゆくのを、止められなかった。だれかが死ぬ、と決めたならそれは止めたいと思う心と全く同じベクトルでもうだれにも止められない。そのことをよく知っている。

だからこそあがくのかもしれない。


それは、母が男とバリに行くと言い出したことから始まった。

「二週間ほどバリにね。」

珍しく五人がそろった日曜日の夕食の席でさらり、と言ったのだ。

独身貴族——、と私はコメントした。食べ物はどうかしら、とか、雨期じゃないの？とか、純子さんは質問をした。

母は、

「いいのよ、いいのよ。何でも。とにかく休みに行くんだから。完全に休むの、身も心も。」

と、必要以上に力を入れて言った。母の彼は、母がよくパートで働いている小さな旅行会社の人で、母よりも年下なのだが、とにかく忙しい人らしい。会社が忙しい時期は当然手伝う母も忙しい。さすがに最近疲れているようだった。だからだろう。

「いいなぁ。」

と幹子が言った。そして、友達が最近バリに行った時のエピソードを話し始めた。

「お葬式が、派手なんだって。友達、はじめお祭りかと思って、しばらくその列についてっちゃってさ……」

弟は何も言わなかった。ひとことも。

はじめはバリをテーマにわきあいあいとしていたほかの人々は、その不自然なまでの反応のなさにさすがに気づきはじめていた。

「由ちゃんはどう思うの？」

と純子さんが聞いても、彼は無言だった。それでますますまずい雰囲気になってきた。

「由男にもおみやげ買ってくるからね。」

母が微笑《ほほえ》んだ。

こういう、自分を通そうとするときの母の笑顔は完璧《かんぺき》で、反対する余地がないところが私は好きだったが、弟は違うようだった。

彼は、突如火がついたように泣き出した。

みんな、あっけにとられて黙った。

異常な泣き方だった。まるでこの世に本当に絶望した大人みたいだった。たとえ失業したうえ、妻の浮気を発見した四十男だって、こんなに惨《みじ》めそうには泣かないだろう。彼は頭をかきむしり、テーブルにつっぷして、すべての感情を自分自身から追い出すようにぎゃーぎゃー泣いた。

私は自分の驚きをまず静めようと、そのつむじをじっと見ていた。母はただおろおろと、

「大丈夫よ、二週間で帰ってくるし、相手はずうっと前からの、ほら、会ったことあるでしょ、あの人。だから、安心でしょ？　別に、あんたを置いて遠くに行っちゃう

わけじゃないのよ。」

と言って、彼の肩に手を置いた。

「違うんだ!!!」

弟は叫んだ。

「何が。」

母は言った。

「飛行機、飛行機が落ちるんだ。」

彼は言った。声は裏返り、肩は小刻みに震えていた。寒いかのように、縮こまっていた。

「行っちゃだめだよ。」

……本当かもしれない。

この間のことと考え合わせて、私はそう思った。

「朔ちゃん、何とか言ってよ。止めてよ。」

「……とりあえず、やめてみたら？　縁起わるいし。」

私は言った。

「この子勘がいいから、本当かもよ。……由男、行き？　帰り？　どっちだと思う？」

「行きだ、間違いない。」

彼は言った。確信に満ちていて、まるで何かすばらしいことを言い当てたような声だった。

私はそこが少し気にいらなかった。

「ほら、帰りならまだ、バリを楽しんだ後ってことであきらめがつくかもしれないけれど、行きじゃさぁ……」

私は言った。

「一日ずらせば？」

幹子が言った。

「それでみんな気がすんで、危なくもないなら、いいじゃない。それならいいでしょ？　由ちゃん。」

「わからない……僕にわかってるのは、お母さんの乗る、行きの飛行機が危ない、ってことだけ。」

弟は言った。

「じゃあ、便をずらしてもだめってことなのかしら……」

心配そうに純子さんが言った。

何となく弟に押されて、全員のムードが彼よりに傾いていった。幹子が熱いお茶を淹《い》れた。それを飲みながら、みんな、黙っていた。まだ起こっていないことを検討するのはむつかしい。

「日にちをずらせないの？　来月とか……」

とても迷信深い純子さんが言い、弟がうなずいた。うなずかれたら何となくほっとした。小さな王様だ。

しかし、母はばん！　とテーブルをたたいて、

「何なの、何だっていうの、みんな！　今しか取れないから休暇なのよ。あの人忙しいんだから！　もし行かなくてその飛行機が落ちなかったら、誰が責任を取ってくれるっていうのよ！」

と叫んだ。あまりの切実さにみんなが我にかえった。

「もうチケットだって取っちゃったのよ。いい、もう。決めた。私は行くわ。飛行機が落ちたって。」

「本当に？　死んでも行く？」

私はたずねた。

「ええ、いいわ。決めた。」

母は言った。

「それで死んだら、それが運命なのよ。本気よ。そこまでの私だってことよ。みんなごめんね、もし死んじゃったら、忠告を聞かなかったばかな人だった、って笑って。」

そして、明るい顔でお茶をすすった。

弟がまた、わぁーっと泣き出した。

手のつけようがない泣きっぷりでじたばた暴れながら、彼は純子さんと幹子に抱えられるように二階に連れて行かれてしまった。

母はため息をついた。

「どう思う？」

私は答えた。

「半々だと思う。」

「何と何の？」

「母親が、不安定な自分を置いて男とバリに行くのが許せないのと、本当の勘と。」

「そういう年頃かしら。」

「心細いのよ。」

「そう……どう思う？」

「何が？」

「登校拒否児を置き去りに、男との休暇に走る私のような母親を。」

大きな目で私をじっと見据えて母は言った。こういう母にはうそがつけない。

「実は、いいと思ってる。」

私は答えた。

「本当に？」

「誰かのために自分の本当に楽しいことを削って、あの子のせいでつまらない思いをしているのを見せつけるより、きれいで幸せでいたほうが、結局はあの子のためだと思う。」

「やっぱり行く、行きたい。」

母は言った。

「飛行機落ちても？」

私は再びたずねた。

「うん、決めた。私もこうして何とか生きてきたわけだし、変えたくないのよ、大げさだけど。」

母は笑った。

「それに、だって、何よりもさ、私自身が落ちる気がしないんだもん。」


一週間がたった。

母が旅立つ前の日の夕食は、まるで最後の晩餐《ばんさん》のように厳粛だった。

そして、夕食時も部屋から出てこない弟のもとを、母は訪ねて行ってずっと慰めていた。彼は泣いて止めるばかりで、痛々しい状態だったが、それでも旅行をやめようとしない母に、尊敬の念をおぼえた。あっぱれ、と思った。

それはたとえはたから見てただの旅行で、命をかけるほどのことじゃないとしても、母にとって、この事件は人生哲学の琴線に触れる何かなのだろう。そのことはよくわかった。

夜中、私がベッドに入ったあとも、弟は泣きやまなかった。そして何をいってるかはわからなかったが母の低い語りかけと、弟の大泣きは壁を通してもう暗い私の部屋に聞こえていた。

永遠に続くお経みたいだった。

窓から月明かりが四角く映るベッドの中でそれを聞きながら、私は私なりに考えていた。

目が冴《さ》えていた。心も冴えていた。

私の思考は暗やみと月明かりの粒子に混じって、このように繰り返されていた。

〝私は、弟の言うことがかなり正しいことを、この家の誰よりもよく知っている。

母より、弟本人より、たぶん。

もしも私が本気で止めたら、弟とは違って、母は耳を傾けるかもしれない。行くのを思いとどまるかもしれない。

そうしたら、母は助かる。

でも、もし行かなくて飛行機が落ちなかったら、母はもう弟を信じなくなる。彼はおおかみ少年だ。今の彼にとって、それは取り返しのつかないくらいショックだろう。

それに、私は止めたくない、私も落ちる気がしないし、母の性格が好きだからだ。

母は、自分で決める。誰の指図も受けない。その姿勢にどんなに救われてきただろう。

それに弟にはこんなふうにして欲しいものを手に入れるやり方を身につけてほしくない。

でも……もし止めなくて母が死んでも、私は後悔できない。してはいけない、そん

なひどいことが?……わからない〃

思いはぐるぐる回った。

まだ起こってもいないことを案じるのはほんとうに体に悪い。

私は疲れて、中途半端《はんぱ》な気持ちで眠ってしまった。

浅い眠りだった。

どこかがはっきりと覚醒していて、部屋の薄暗がりの明度まではっきりとわかっていた。呼吸は深く、まぶたは閉じていた。

でも、完全には眠れなかった。

静かに、静かに、夢が降りてきた。

闇《やみ》に舞い降りる、初雪のはじめのひとひらみたいに。


私は幼くて、桜の木の下にいた。

私の父が庭に植えさせた木だった。

見上げるとピンクの花びらがはらはら降ってきた。

真由は、夢の中でなぜか、すでに死んでいた。

会えるものなら会いたかったのに。

家のドアが開いて、由男を抱いた母が出てきた。

母は若く、白いセーターを着ていた。まるで棺桶《かんおけ》の中の死に装束みたいに、日光によく映えるまぶしい白だった。

私はわけもなく切ない気持ちになり、母はいつになく無口だった。赤ん坊の由男も泣かずに静かだった。


母は何も言わずにただこちらに歩いてきていた。ゆっくりと。陽光の中をゆっくりと。

もうお昼ごはんなのかな。

それとも帽子をかぶれと言いに来たのか。

買い物に行くから、留守番を頼みに来たのかな。

はかりかねて笑っていた。

母は私の前に立ち、言った。

「バリに行ってくるからこの子をよろしく。」

バリ？

私は思った。母はにっこり笑って、弟を私に抱かせた。彼は熱くて、ずしりと重かった。

そこではっきりと目が覚めた。

心臓がどきどきしていた。

夜明け前で、何もかもが青かった。

ベッドの中で何回も思った。

〝後悔はしない、後悔はしない〟

まるで心細い子供が泣いているみたいに、情けない呪文だった。

眠りの中までは、人は強くいられない。


翌朝、家の中のムードはさらに厳粛さを増していた。

母だけが平気そうに、隠し切れない皆のそういうムードを少し疎《うと》ましそうにして、朝日の中で卵料理を食べていた。

弟は部屋から出てこなかった。

成田まで送りましょうか？　と言った純子さんに母は笑顔でいいわよ、と言った。

彼が車で迎えに来るから。

私はあらためて、母がひとりの大人の女性で、いくらこの家に甘えていても私たち子供はもはや子供ではないのだ、と思い知らされた。

そうして、突如昨日の感傷を反省した。

もぐもぐと口を動かしパンを食べる母の輪郭はくっきりしていて、自信にみなぎっていて、死ぬ直前の人のようでは決してなかった。休暇への期待に胸をいっぱいにして、生きるのをただ楽しんでいる目をしていた。なのにまあ、面倒なことになっちゃったわねー、という不満な気持ちもみんな顔に出ていた。母の考えてることはたいてい手に取るようにわかる。でも、とにかく休むのよ、後のことは後で考えよう、ずっとそうやって生きてきたんだから。

逆光に透ける髪と、肩の線が物語っていた。

じゃあねー、と言ってサングラスをかけ、旅行かばんをさげた母が玄関を出ようとしたとき、二階の扉がばたん、と開く音がして、赤い目の弟がかけ降りてきた。

何か言いたそうな目をしていた。

絶対に、絶対に大丈夫だから黙ってろ、と目が合ったとき私は口に出さずに、しかしすごい迫力で言った。

それは伝わった。

口から出た言葉は二度と元に戻らないから、後悔しないように黙るんだね。

と弟は私に伝えた。

本当だった。

テレパシーなんかじゃない。とにかく私にはわかった。何か光る暖かい流れが通いあったのだ。

おかしな朝だった。

「おみやげ買ってくるねー！……が最後の言葉だったりして。」

と母は言い、大笑いして出ていった。

「いやー！　バリ最高！」

と母から電話がかかってきたときはさすがにほっとした。

無事についたのだ。

そして電話を切ってからさすがに少しばかばかしくなった。

弟の狂言が、ではなく母に比べて自分が余りにも激しく一喜一憂したことに。

振り向くと弟がきまり悪そうにしていた。

幹子は学校に出かけ、母の電話を待っていた純子さんは気をまぎらわしたい、と言って夕食の買い物に出かけたところだった。

私は留守番してるよ、とソファーで読書していて、そこにその電話がかかってきたのだ。

私は、着いたってよ、と言ったきり、弟に何も言わなかった。

彼も黙っていた。

変な感じがした。

何かがずれているような、釈然としない、何とも言えない感じだった。

沈黙が重いので、TVをつけた。

ニュースの時間だった。

画面に、飛行機が映っていて、心臓が止まりそうになった。

飛行機は真っ二つに折れていて、白煙をあげていた。大勢の人々が右往左往し、担架がつぎつぎに運ばれ、レポーターが駆け回っていた。

「何これ。」

私は弟に言った。

「オーストラリアに行く飛行機が、離陸のとき失敗して、こうなっちゃったんだって。」

弟は言った。

「知ってたの？」

私はたずねた。

「さっき知った。」

弟は言った。

「朝、誰かが『一時間ずれた』って言ったのを聞いた。お母さんが出てから。」

「何？　その一時間って。」

「お母さんの飛行機が出て、一時間後にあの飛行機が落ちた。」

TVでは、アナウンサーが、多くの日本人乗客の死亡や重傷を告げていた。乗客名簿のカタカナの氏名が次々に画面を流れた。

「僕が、ずらしたんじゃないんだよ。」

弟は世にも情けない顔で、そう言った。

「本当だよ、これと、お母さんの旅行が混ざっちゃったんだ。」

「わかってるよ、そんなのわかってるって。おまえのせいじゃない。そんなわけがない。当たり前だよ。」

私は言った。

そして何とかしなくてはいけない、と思った。何だかわからないけれど、早急にどうにかしなくては。

7

日記より

というわけで、私は今ベッドに入ってこれを書いている。弟が向こうで寝ている。寝息が聞こえる。

部屋は暗く、ベッドサイドの小さな電気だけが手もとを照らしている。闇《やみ》に激しく揺れる木立の音と波の音が重なり、まるで野外に寝ているみたいだ。ざー、ともごー、ともいえる、巨大な音だ。人をおびやかすほど。

部屋の中は、静かだ。

弟の寝顔がかすかに照らされている。

きれいな寝顔だ。鼻筋が通っていて、唇が赤くて。

私は生活について考えている。

ところでさっきまで、こういう海辺の生活にどんぴしゃりの本、「海からの贈り物」というやつを読んでいたので、どことなく文体が似ている。ばかだなあ。

私は日記なんて小学生の夏休み以来つけたことがない。しかし、ここ一か月だけはなぜかつけている。

気まぐれなものだ。ある日は何をしたかだけの簡単なものであり、ある日は暇で眠れないので、こんなに書く。

無意識のうちに弟に起こっていることを記録したいという欲求が出てきているのかな、と思うけれど、ステージママみたいで気味悪い。違うと思いたい。

私の心と私の言葉の間には、決してうめられない溝がいつもあって、それと同じくらい、私の文章と私の間にも距離があるはずだ。

でも一般にみんな、日記に向かうとき素直になっているような気になっている感じがして、気持ち悪いから何となく日記は気取っていて、いやなのだ。

本当に人を救う尊い仕事をしている男が、ある朝交差点で世にもHなお姉さんの後ろ姿に勃起《ぼっき》し、さらにその日のうちに幼い娘に八つ当たりし、妻と話しあって高次の愛に接したら、それはみんなその人で、その混沌《こんとん》が最高なのにみんな物語が好きだから、本人もそうだから、統一されたいと願ったり、自分をいいと思ったり悪いと思ったり、大忙しだ。

変なの。

それはさておき、どうして私がこんなに饒舌《じょうぜつ》に日記をつけているかというと、ここは暇だから。と、最近、日記についていい話を聞いたから。

私の友人（女、二十一歳）が引っ越しをした。彼女は父を亡くしてから母と二人で住んでいたが、母が再婚することになり、家を引き払うことにした。彼女は独り暮らしのために荷造りをし、母が手伝っていた。

長い闘病生活の末に亡くなった父の遺品を整理していたら、革のかばんが出てきた。母は、「これはお父さんが捨てろといったけれど、どうしても捨てることができず、開けることもできなかったものだ」と言った。二人がそれを開けると、中から、何冊もの日記が出てきた。しかもそれは父が高校生のころから成人して勤めはじめ、ある日ある街角で母と出会い、恋に落ちるころまでの若い日々をつづったものだった。

「寝る前とかにパパの日記を読むときは、まるで小説を読むように、読むの。」

と彼女は言った。

一人の男として、人間としての自分を見せる前に父としてだけの務めを果たして他界してしまった人が、そのような形で、娘の独り立ちを支えるとはなんということだろう、と私は思った。

なにひとつ測れなかったことなのに、計算され尽くしている。

私は今まで深く考えないように無理してきたことが、たったひとつある。

あの日円盤を見て、感動しすぎたせいか、考えるようになった。

それは何かというと、頭を打って明らかに何か変化があって、あのとき記憶が混乱したり、今の私が当時の友人から変わったと言われたり、そういうことをただ面白がっているのだけれど、でもつまりそれはなんらかの異常が脳細胞だか、神経だか、ニューロンだか、エンドルフィンだか、とにかく頭の中で起こっているということ。

そしていつか、ある日突然、私が記憶を失ったり、呆《ぼ》けたり、死んだりするかもしれないということ。

大げさではない。

「デッドゾーン」の主人公だって、脳に腫瘍《しゅよう》ができていたのだから。

別に、いいのだ、死んでも。

面白かったし、悔いはない。

でも、私は何も。作品も、遺産も、子供もなくただ右から左に消えてゆく。いや、たとえ何かを残す人でも死ぬときはみんなが、そんなふうにふと死ぬんだけど、でもただ消えていくのに淋しさがあって、今までは弟がいるから母も平気だろうと安心していたのが、弟が不安定になってから、にわかに自分の死の責任を感じてしまい、それが負担で、私はその日記の話がうらやましくって、書いている。

うまくいえない。

時々、突如私が不安だということを、誰かに言いたくなるんだと思う。私の中のかわいそうな、小さな私。ぎゅっと縮こまって、明日を怖がる幼い魂。

海辺では、人は詩人だ。

何といっても海はいつも予想の二〇%くらい大きいから。そうとうの大きさを予測して見に行くと、更にその二〇%大きい。もっと大きいと思って行っても、そのかくごの二〇%大きい。一面の波で心をいっぱいにしていっても、小さなビーチを想像していっても、やっぱり二〇%。

こういうのを無限っていうのか。

円盤から、記憶喪失から、弟から、竜一郎から、栄子も、日記も、バリも、たぶんそうした無限の一部で、本当は二〇%くらいいつも大きいんだろうな。

何書いてるかわからなくなってきたから寝よう。

明日は釣りだ！

やったことないけど。

楽しみ。

自分でも読んでいて頭が痛くなる。これは昨夜、べろべろに酔って書いた日記だ。

そう、私と弟は今、高知に来ている。

母はいないし、弟は暗いし、いろいろあるんですよー、とバイト先で話していたら、マスターに「旅行でも連れてってやれば」と言われた。店なんて休んでさ、と。ヒッピーくずれは旅と子供に寛大なのだ。

そうか、どこかに連れてってやろう。

と思いつき、考えた。

そして、栄子の不倫の彼氏が高知の海辺に持っているマンションの一室、というのを思い出した。彼は高知の出身で、家族で週末にいつでも帰れるようにとそこを借りたのだが、めったに帰れず別荘状態になっているそうだった。

栄子に電話したら、快く使わせてくれることになった。風が通せるからうれしい、と彼は言ったそうだ。私は母がバリから戻る前に、母に黙って急きょ弟を連れ出すことにした。

鍵《かぎ》をかりるので栄子と待ち合わせた。

宵闇の街に立っていても彼女は派手で、浮いていた。黒いスーツを着て、雑踏に紛れていても、何か切実な、それでいてさりげないものをかもしだしていた。表現している、と私は思った。生きているだけで、絶え間なく表し続けている。

「栄子。」

と声をかけると、笑ってこちらを向いた。

私はぎょっとした。ほっぺたに白い、大きなガーゼがはってあるのだ。それが顔を隠している具合や、伏せた睫毛《まつげ》のかぶる感じがまた、とてつもなくエロティックだった。

「どうしたの、それ。何？」

私はたずねた。

「お茶でもする？　話したいことある？」

「ううん、これから約束があるから行かなくちゃ。」

彼女は微笑《ほほえ》んだ。

「何てことないのよ、彼の奥さんにひっかかれたの。」

「えっ、ばれたの？……まさか、高知のマンションを私が使うことから？」

私は驚いて言った。

「違う、違う、本当よ。前からうすうす感づいてたみたい。でも、いきなりうちに……って言っても、あの、二人で借りてるマンション、中目黒の。そこに私が一人でいるとき来ちゃってさ、驚いたわー。」

「驚いたわー、って、あんた。」

私は言った。

「そうとしか言えないわよ。」

彼女は微笑んだ。

何が起ころうと絶対に敗者にならないのが彼女の人生の昔からのやり方だった。事実や内心がどうあれ、態度として、表現として。

優雅であり、余裕を失わない。

このときもそうだった。

「しかたないのでお茶を出して、はじめは黙って、向かい合ってただ坐《すわ》ってたんだけれど、

泣いて、

騒いで、

暴れて、でしょー。もう、目の前で、七変化。女って、すごいね。悪いけど、私は、あの人のことはそこまでにはなれない。ほかの人なら、あるかもしれない。

奥さんだからかな？

あと五年もつき合っちゃったら、私もあんなになるのかもね。そんな女が二人、三人と増えていって、あの人おもしろいことあるのかしら。」

後半は素直な独白になっていった。

人生の巨大な混沌とか、人間がもともと持っている不条理に直接問いかけるようでもあった。

語る声自体が、そういう無垢《むく》なものを含んでいた。そういうとき栄子も、いつも栄子自身より二〇％大きい何かをたたえているように見える。

私はうなずくしかなかった。

「こんどゆっくり話そうねー。」

と言って栄子は私の手のひらにマンションの鍵と、地図を握らせた。そして細い肩で夜にまぎれていった。

目覚めると波音がはじめに耳に入ってくるというのは変な感じだった。

そしていつも弟がいる。

こんなふうに弟とふたりになったのは初めてだった。波音は人をすこし不安にする。常に二〇％広い風景を前にしていると、心もとない。

そのことは私をおかしな中庸に導いた。

空と海が交わるあの奇跡の直線にシンクロして、どこまでも平らになってしまったというか。

何とも静かでクリアーだった。

だから私は私の人生とゆっくり向き合い、弟なんてどうでもよくなってしまった。そこが少年をひと夏で男に育てあげた「初秋」のスペンサーと違うところだ。ところがその無責任さが受けたらしく、弟の調子は良さそうだった。

私が女だからだろう。たとえば暗闇《くらやみ》では先を歩いて、大きな石があると教えてくるとか、二つの袋があれば重いものを持つとか、そういう程度のこと。彼の性格のおおもとのまたもとの大ざっぱなところや、おおらかなところが、このところ神経をとがらせていた彼の心の雲間から、まぶしくのぞいているようだった。

何よりも本人がたぶんそういう自分でいるほうが気分がいいのだと思う。

部屋はごく普通のマンションの五階にあり、町と、その向こうの海が窓から見えた。何にもない2LDKで、別荘というよりウイークリーマンションみたいだった。

私たちは朝、せっかくだからと海辺を走ったり、近所のプールに行ったりしたが、特に何もしていなかった。

ただ、一日一日が訪れるのを見ていた。

その日もそうだった。朝ごはんがありあわせだったので、早くにおなかが減った。

「晩ごはんはどうしようか。」

私は弟にたずねた。

「買い物してきて作ろうか？　外で食べる？　どっちでもいいよ。」

「うーん。外かな。」

彼は言った。一対一だと、対等なのだ。

二人で出かけた。

そして私たちは恐ろしい夕焼けを見た。

一生、忘れない。

あの日の円盤に匹敵するすごさだった。心動かされた。生きていたのだ。時間は生き物だ。

何の気なしに私たちは街中を歩いていた。南国のように透明で乾いた陽ざしが、オレンジを帯びつつあった。赤い空に、暗い町並みは影絵のように浮かびあがっていた。

しかしそれはほんの序曲だった。

私たちは普段、東京で夕空を見るとき「あっちの、はるか遠いほうで、何かきれいなことをやっているな」と思う。

TVの画面を見るように、パンフレットの絵画を見るように。

でも、それから数分間の間に見たことは全然違った。

手で触れるかと思った。

透明で、赤く柔らかで、巨大なエネルギーが、町や空気の目に見えない壁を通りぬけて押してくるような迫力だった。息苦しいほどの、生々しさだった。

一日は一日を終えるとき、何か大きくて懐《なつ》かしくて怖いほど美しいことをいちいち見せてから舞台を去っていくのだ、と思い知った。実感した。

町に、自分にしみ込んでくる。なめらかに溶けて、したたり落ちる。

そういう赤が刻々と色を変え、オーロラのように展開していく。もっとも美しく透きとおったロゼのワインや、愛妻の頬の赤、そういったもののエッセンスが、西のほうからめくるめくスピードでぜいたくに迫ってきた。路地のひとつひとつが、ひとりひとりの人の顔が。赤く照らされては満たされていく、激しい夕焼けだった。

私たちは何も言わずに歩いていた。じょじょにその夕焼けが去っていくとき、何ともわかれがたい気持ちとすがすがしい感謝の気持ちが混じって、切なくなった。

これからの人生に、たとえ今日のような日はあっても、この空の具合、雲の形、空気の色、風の温度、二度とはないのだ。

同じ国に生まれた人々が、夕方の町をのんびりと歩いていく。夕食の明かりがともる窓が、夕闇の透明なスクリーンに浮かびあがる。

そこにあるすべてが、手を伸ばせば水のようにすくえそうだった。つやめいた滴《しずく》がぽたりぽたりとしたたり落ち、コンクリートにはねかえるとき、去ってゆく昼間の陽の匂《にお》いと、濃い夜の匂いの両方をたたえていそうだった。

あたり前のことを、こんな力を持った夕暮れでも見ない限りなかなかわからない。

私たちは百万の書物を読み、百万の映画を見て、恋人と百万回キスをしてやっと、

「今日は一回しかない。」

なんてたぐり寄せるとしたら、一ぺんでわからせて圧倒するなんて、自然とは何とパワフルなんだろう。求めてもいないのに、放っておいてもわからせる。ただでじゃんじゃん誰にでも、わけへだてなく見せてくれる。

求めてわかるよりずっとはっきりと。

「何だか変に神妙な気持ちになってしまった。」

私は言った。

もう夕焼けは最後の一滴を絞りだして、町の四隅は暗く沈み、夜が香りたっていた。

「僕も。」

弟は言った。

「おでんでも食べて、感動の余韻を楽しもう。」

私は言った。

「お酒も飲んでもいい？」

弟は言った。

「あんまり酔わないでよ、連れて帰るの私なんだから。」

私は言った。

「おでんたくさん食べてもいい？」

弟は言った。

「いいよ、どうしたの？　元気ないね。」

私はたずねた。

弟は沈んだ顔をしていた。

「何だか、さっきの夕焼けを見たら、自分のしてることが恥ずかしくなって。」

弟は言った。

「学校くらいで、怖くなって。」

「すばらしい。」

私は言った。

「自分の限界を知る、ということは新しいレベルの真実の領域を見つけるということだって、ユーミンもセナもジョン・C・リリーも言ってるよ。」

「その人たち誰？　ユーミンは知ってるけど。」

「そういうこともこれから知っていくのよ。」

ジャンルがばらばらなので説得力に欠けると思い、そう言ってごまかした。

いいのだ。

何でもかんでも自分で潜って取ってくるのがいちばん生々しい獲物《えもの》なのだから。

8

「もう帰ろうよ。」

と弟が言ったのは、高知へ来て七日目の夕食のときだった。

私はたこ刺しをはしでつまもうとしていた手をまるでTVドラマの場面みたいに止めて、しばしきょとん、としてしまった。驚いたのだ。

なぜなら私はその日まさに、「そろそろ帰ろう……」と思っていたからだ。

どう切りだそうかな、と少し考えこんでいた。

弟の様子は、いいよ、帰ろう。と平気で言いそうでもあったし、その話を切り出したとたんに半狂乱になって、帰らない、と泣きそうでもあった。どっちでも全然おかしくない。

まったく読めなかった。

ここに来て海や夕日や朝焼けを見て暮らして、弟はこの間までの縮んでびくびくしていた顔色の悪い彼とは別人の、楽しそうな子になった。

破った母を恨んで一日中泣いていた幼い私はどこへ行ったのだろう。あの泊まった日、竜一郎と別れるのが悲しくて、頭痛がするほど涙をこらえてホテルの廊下を歩いた私は？

かわいそうに。

でも、もういない。

きっとどこかの世にも悲しい空間にまだ、まさに今もいるのだ。一度は私であったあの子たちは。

私は、受話器を取って呼びかけた。

「竜一郎？」

「そうそう。」と言うくぐもった声が、インターホンから聞こえた。私はボタンを押して、一階の入り口のドアを開けた。やがて靴音が近づいてきてドアの前に立ち、こんばんは、と声がした。私はチェーンをはずし、ドアを開けた。

「やあ。」

と赤ら顔の竜一郎が言った。

「飲んでるの？」

他に聞くことがあるだろうに、そうたずねた。

「飛行機の中から飲みっぱなしだよ。」

彼は言った。

「やあ、由男、大きくなったね。」

「うん。」

弟が笑った。

変な感じだった。夕方、会いたいな、と思った人が今、ここにいる。幽霊ばなしよりもずっと非現実的な感じがした。

「あれ、連れの人は？」

私は言った。

「え？　連れ？」

竜一郎は不思議そうに言った。

「そんなのいないよ、俺一人だよ。」

「うそ、さっき、モニターに映ってたじゃない。女の人、赤っぽい服の。」

「知らないよ。そんなの。俺の前？」

「直前よー！」

「こわいよー！」

と弟が叫んだ。

「俺の前には、ひとっこひとりいなかったよ。本当に。」

「こわいー、だって、私に笑いかけたよ。」

「霊だよ。」

「やめて！」

「こわいよー。」

「何だろう。」

「こわいー。」


あの人が何だったのか、何が起こったのかわからないながらも全員がやっとなんとなく落ち着いて、コーヒーを飲むことにした。

現実のこわさの前に、TVはすっかり効力を失い、部屋のBGMとして流れていた。

昔読んだ小野洋子の言葉を思い出した。

TVはまるで友達のように思えるけれど、実は壁と大差ない、なぜならもし強盗が入ってきて部屋の主が殺されても、TVは何事もなく映り続けるから……というような文章だった。

一理あるなー、と思った。さっきまでそのこわさの波動で私たちとこの部屋のすべてを支配していたくせに、今やただの箱になってしまった。

「私たち、明日帰ろうと思ってた。」

私は言った。

「え？　本当に？」

竜一郎は言った。

「まだ当分いるのかと思っていたよ。大阪空港についてすぐ、君ん家に電話したら、お母さんが出てさ、君は弟をつれて流浪の旅に出たっていうからさ。今捕まえないと会えなくなるかな、と思って。」

「またでたらめなことを……」

「その足でこっちに来たんだけど。こっちの知り合いの店に顔を出したら飲んじゃってね、こんなに遅くなっちゃった。悪かったね、騒がせて。」

「絶妙のタイミングだったんだから。」

私が言い、弟はうなずいた。

じゃあの人は誰だったんだろう。とまた思った。あの、どこか懐《なつ》かしい……遠くで、知っている、見たことがある……あの面影。

私は幽霊なんて見たことはないが、私の脳が私の記憶のはざまから錯覚の映像を紡《つむ》ぎだすことはあるかもしれない……と思っている。私の記憶から消えているだけで、あの人は知っているはずの人で、今思い出すべきなのかも……と思って頭が痛くなるほど考えたけれど、わからなくてやめた。

今この場にいないんだから、仕方ない。

何にしても夜中の部屋で、久しぶりの人と会うのは気分が良かった。まるで新年を迎えたみたいだった。

「じゃあ、僕も明日帰ろうかな。」

竜一郎は言った。

「友達にもう会ったし、いいや。夕方の便にしないか？　いっしょに帰ろうよ。」

「うん。私たちも急がないから。」

私は言った。離れていると思い出しもしないくせに、いっしょに帰ると思うとわくわくした。

しかし竜一郎には世界中にたくさん友達がいて、高知にまでいて、私もそのうちの一人なのかと思うと、みぞおちがきゅうと痛むような感じがする。差し替えのきく一枚のカードや、移りゆく日々の風景のひとつ、遠くで思いだす憧《あこが》れ、真冬に思い描く真夏の海辺、そういうものにすぎない。

そのことをすこしさみしく思う。

「竜ちゃん、どこに行ってたの？」

弟がたずねた。

「ここんとこずっと、ハワイにいたんだ。ハワイと、その後サイパンにね。友達がダイビングの店とかいろいろやってて、手伝ったりしてね。免許も取ったよ。」

「いいな、南のほう。」

私は言った。

「でもさ、食い物はまずいよー、慣れちゃうんだけどさ、さっきかつおのたたきを久々に食べたら、うまくてうまくて気が狂うかと思ったよ。」

「いろんなことしてるんだね。」

弟が言った。

「由男もすればいいじゃないか。」

竜一郎は言った。

「でも僕、調子が変なんだ……したいことがわからなくなっちゃうくらい。さっき、竜ちゃんが来ることも知ってた。釣りしてたら、何回も竜ちゃんの顔が目の前に出てくるんだもん。そういうとき、それは自分が会いたいってことなのか、黙っててもすぐ会うってことなのか、本当にごちゃごちゃになるんだよ。」

「浮かんでた？　たこの顔じゃなくて？」

私は言ったが、弟は笑ってくれなかった。

甘えてついてるうそかもしれないし、本当かもしれない。確かにさっきドアチャイムがなったとき彼は「でももしかすると……」と言いかけていた。それは多分本人の言うとおり、それらが全部混じってしまって混乱しているんだろう、というのが一番本当らしい感じがする。

竜一郎はどう思っているのだろうか、と思って竜一郎を見た。

観察と好奇心と、信じる気持ちと、疑ってみる精密さの入りまじった表情をしていた。

そしてそこにはいつものように「でも何もかも本当はわかっている」という明るい感じがあった。それは彼特有の持ち味だった。

私は竜一郎で確かめるのが好きだ。

安心する。

いつも近くに彼がいて、こんなふうに確かめられたら楽だな、と思う。

この役割においては、私の中で彼は他の追随を許さないところにいる。

弟はこうなるべきときにこうなっただけで何も不安はない、と思うことができる。

「そんなのどっちでもいいじゃない。」

竜一郎は、言った。

「あのね、由男とか俺みたいに、変なふうに頭を使ってしまって脳の筋肉が発達しすぎてるやつは、体の言葉を聞いてやらないと、分離しちゃってひどいことになるんだ、わかる？」

「わかるような気がする。」

由男はうなずいた。

「俺なんか、頭使うのが職業だから、いつもその調整が大変なんだ。でも、考えちゃだめなんだ。極端な話、走るとか、泳ぐとか、そういうのでもいいくらいだ。今したいことにためらいなく足が動くように調整しとかないと、頭の筋肉が熱を持って、オーバーヒートしちゃう。休めなくなるんだ。君にも多分これから過酷な運命が待ってると思うけれども、何とかなるよ、こつさえつかめば。それにことによると、いろんな人にいろんなことを言われるかもしれないが、自分の体から声をだしてる奴《やつ》以外の奴は、どんなにもっともらしいことといっても、わかってくれても信じちゃだめだよ。

そういう奴は過酷な運命を知らないから、うその言葉でいくらでもしゃべることができるんだ。誰が本当の声で話しているか、誰がきちんと体験の分量で話しているか、勘はそういうことにこそ使わないと、死活問題だから。ほかの人みたいに、遊びでいられない脳の使い方を、君はしてるんだから。」

竜一郎は言った。

「自信ないよ。」

弟は言った。

「つくよ。」

竜一郎は笑った。

「俺、ついたもん。」

弟は不安そうな顔をしていた。

きっと内心、「こいつ僕ほどの苦労はしてないのかも」と疑っていたりするのだろう。でもそれはいいことだと思う。きっとそうやって比べたりばかにしたり、意外にかなわなかったりしているある瞬間、陽光に当たってきらりと輝く自分の輪郭をかいま見たりすることがあるみたいだから。

竜一郎も、「そんなことわかってるけど、何でも思ってごらん」という顔をしていて、たとえ予知ができようと、円盤を呼ぼうと、完全に弟が位負けしていた。たぶん、弟にもそれはわかっていた。ただ、自分の自信をどこに設定していいかわからないだけだ。今彼が唯一《ゆいいつ》自信を持てる方面が、彼を困らせているから。

私はといえばただ、由男がこんなとき「でもコラムスやったら負けないぜ」とか、そういう肩の力を抜いた特技をいくつも持てば楽になるかな、とか、「やはり男の子には男親が必要なのかしら」とか思って聞いていただけだった。それが私の位置だった。

9

母とデパートに来るのは久しぶりだった。

母の買い物はきっぱりとしていて男らしい。目的があってデパートに来る。迷わない。もしくは気に入ったものは気まぐれにぱっと買う。ぱっと買わない程度のものは手にも取らない。

見える視界が限定されてるんじゃないか？　と思うくらい、いつも何のことでも欲しいものが決まっている。見ていると気持ちがいい。たとえ何かを省いていることになっているとしても、いいように思える。何か、が何かはよくわからない。たぶん、人間としてのやむをえないめりはりのようなもの。意味もなくせつない夜、取り返しのつかない八つ当たり、愛ゆえの意地悪、嫉妬《しっと》で痛くなる胸、こわれそうに求める精神、そういうもの。

いや、母の中にはあきらかに何か、過剰なものがある。なのにそれをどうやって処理しているのか？　時々わからない。でも私には何となくわかる気がする。彼女は買い物や理不尽な感情の爆発にそれをまぎらわそうとしてはいない。では何か？

それはたぶん、「うまくいくこと」。

たとえうまくいってなくても、顔を上げて、目を開いて、うまくいくようなムードを発散しているうちに、無理やり「うまくいく」を自分に引き寄せてしまうのだ。何度も見た。その見事な手腕、意志力。

まねできない。

デパートに来るとき、私は何もかも欲しいか、何も欲しくなくてぜいたくで美しい風景としてディスプレイをずらずらっと眺めるか、どちらかしかない。

今日は突然誘われたので何も欲しくなかったけれど、荷物持ちの御礼に、とジャケットを買ってくれるというので買いに行った。趣味を押しつけたりしないしけちじゃなくて、こういうときは最高に楽しい母親だった。


帰りぎわお茶を飲みながら、母は切り出した。

「で、どうだった？　高知は。」

「何てことなかった。ただ、頭を休めに行ったっていう感じ。」

私は言った。

「戻ってから急に、由男、学校に行き始めたからね。どういう心境の変化かなー、と思って。」

と言って、母は少しほほえんで私を見た。

そのでっかい目で、あまりにも普通に、まっすぐに見るので、あまりにあけすけな視線だから、これにさらされると心を閉じているほうがむつかしくなる。どんなにぐちっぽいときでも、悲しみの渦中《かちゅう》でもこの妙に透明な目だけは変わらない。

真由もこういう目をしていたかな？

と思うと本当のところいまひとつ記憶がはっきりしないんだけれど、私がおぼろに真由を思いだすときいつも、真由は笑っているか母と同じ透明な目をしている。

きっと私も時々こういうぶしつけな視線で人を見据えることがあるのだろう。そして人をむりやり解放したり正直にしたりしているのかもしれない。それはもしかしたら他人にとまどいと愛情の入り混じった変な懐《なつ》かしさを喚起させるのかもしれない。

こんなふうに、今の私みたいな気持ちに。

「彼には本当に父親が必要なのかも。」

私は言った。

「どうして？」

母は言った。

平日の、午後のデパート。外が見下ろせるティールームはがらがらだった。私は濃く熱いチャイを飲み、母はエスプレッソを飲んでいた。目に映る何もかもが初夏のまぶしさをたたえて、勢いづいていた。人々のむきだしの腕、風に揺れる木々の緑。葉先に光る陽光、空気の匂《にお》い、何もかもがもう止まらない。

「あの子、ものすごく、竜一郎のことが好きみたいだから。学校も、竜一郎に言われたことを考えて、行くことに決めたんだよ。」

私は言った。

「ああいう挑発の仕方は、私たちにはしにくいよ。女四人でおもちゃにして育てたからね。」

「あらー、違うわよ、部外者だからよ。」

母はきっぱりと言った。

「だって、よその人にはいくらだっていい顔できるんだもん。甘えてすねてるところとか、見られなくていいんだし。竜ちゃんだってそうよ。実際面倒見てるわけじゃないし。今の距離だからちょうどいいのよ。今の感じが必要なのよ。離れてれば支えになったりヒーローになれるけど、どんないい男だって父親として同居したら、由男はあらさがしてばかにするでしょうね、今のあの子はそういう感じ。」

「そりゃ、そうね。」

私は言った。

「そうでしょう。」

と笑って、母は煙草《たばこ》に火をつけた。

「じゃ、問題ないんじゃないかな。」

私は言った。

「楽しかったし、海もきれいだったし。」

「二人は、二人で組になって、やっとしっかりしてちょうどいい感じがする、私から見ると。」

母は言った。

「私と、由男？」

私は言った。

「そう。」

母は笑った。

「私、小学生並？」

「ううん、そういうんじゃなくて。二人とも、何かが行きすぎてるのね。真由もそういうところあったけど、真由は普通のところもたくさんあったから、ほかの人と一緒になってたら死ななかったよ。竜ちゃんだったから、行きすぎてる部分で無理してつきあっちゃったのね。べつに、竜ちゃんを恨んだりしてないけど、そう思うな。竜ちゃんはむしろ、おまえ向き。そういう感じ。おまえは自分の血の中にあるものにたいしては案外のんきだから。」

「わかる気もする。」

私は言った。

「たぶん、由男に必要なのは、力と愛。」

母は言った。

「愛？」

たしかこの間、純子さんもそのようなことを言った。

「あんたは理屈っぽすぎるのよ。考えすぎなの。右往左往してタイミングをのがしてはすり減るだけ。どーん、とそこにいて、美しく圧倒的にぴかーっと光ってればいいの。愛っていうのは、甘い言葉でもなくって、理想でもなくて、そういう野生のありかたを言うの。」

「それって、フェミニストが怒りそうな意味のこと?」

私は言った。〝お母さん〟は説明が下手だ。言葉が苦手だ。よくこうやって自分にしかわからない言い回しで言う。

「違うー、もう、あんたは全然分かってない!」

母は言った。

「人間が自分や他人にしてやれることの話よ。それが、愛、でしょ? どこまで信じ切れるか、でしょ? でもそれをやろうとすることのほうが、考えたり話し合うよりどれだけ大変か。どれだけエネルギーを使い、不安か。」

「つまり愛っていうのは、あるコンディションを表す記号だっていうこと?」

私が問うと、

「うまいことというわね。」

母は笑った。

その時、はじめてその心がけにかすかに触れたような気がした。

「あんたたちを見てると、何となく集中力が足りない、っていう感じがする。足が止まってるときが多い。何となく。何よりもただがむしゃらに生きたらいいのにって思う。」

母は続けた。

「お母さん、そういうの、由男にも話してあげなよ。」

私が言うと、

「種明かしみたいで、薄っぺらくない？」

母はたずねた。

「そんなことないよ。それにあの子はかまってほしいんだよ、お母さんに。」

私は言った。

「お母さんもお母さんなりに考えるところがあるんだねえ。」

そうよ、まるでなにも考えてないみたいに見えるでしょ？　と母は自慢げに笑った。


そして母は迅速に実行した。

その日、夕食の席に「ただいまあ」と弟は帰ってきた。母と、私と、純子さんがご飯を食べていた。黒いリュックを背負って、半ズボンなんてはいちゃって、まるで本当の小学生みたいだなー、と私は思った。そして少しうきうきした。そういう場面は見た目だけでもう、何となく人をうきうきさせるような元気さに満ちあふれている。

エビフライをほおばりながら、弟はＴＶを見ていた。まるで何事もなかったようだ。

入ってこようと押してくるものを、豪快にシャットアウト――しようと――している
ようだ。

そのとき、母は突然たずねた。

「由男、食べ物おいしい？　食べ物の味を、ちゃんと感じてる？」

弟はきょとんとして言った。

「うん、うまいよ。これ、純子おばさんが揚げたの？」

「ブー、違います。伊勢丹の地下で買ってきたのです。」

と私は言ってあげた。純子さんが、

「私、揚げ物だけは苦手なのよねー、怖いし、たいてい生のうちに引き上げちゃうし、
後が大変だしね。」

ととんちんかんな言い訳をしたので、その間に何となく団欒《だんらん》っぽい感じが匂った。

まるで空気にふと混じる秋のキンモクセイの匂いみたいにかすかで確かで久しぶりで
甘かった。

「じゃあね、もうひとつ、朝起きると楽しい？　一日が楽しみ？　夜寝るとき、気持
ちいい？」

「うーん、それはまあまあかなあ。夜はへとへとだし……」

心理テストみたいに、弟はまじめに答えていた。

「友達が前から歩いてきます。楽しみ？　面倒？　目に映る景色がちゃんと心に入ってきますか？　音楽は？　外国のことを考えてみて。行きたい？　わくわくする？　それとも面倒？」

母はまるでお芝居の舞台にいるように、瞑想《めいそう》のテープみたいに上手にたずねた。私は少し驚いていた。妙な具合だった。目を閉じるとその声の向こうに、本当にやってくる友達の姿やまだ見ぬ国が見えるような、鮮やかで深い声の響きだった。

私たちはみんな、まじめに考えた。

「明日が楽しみですか？　三日後は？　未来は？　わくわくする？　憂鬱《ゆううつ》？　今は？　今をうまくやってる？　自分のこと気にいってる？」

「みんな大丈夫みたい、今。」

と弟は言った。

私はまあまあだった。

「まあまあかしらね。」

と純子さんも言った。

「由紀ちゃん、何それ。何かの本にのってたの？」

「これはねえ。」

母は大きな目で弟を見て笑った。

「私がおじいちゃんから教わった人生の秘伝、チェックポイントなの。」

「おじいちゃんがその表現したの？　チェックポイントって？」

私は驚いてたずねた。

「ううん、違うけど。」

母は言った。

「秘伝、とは言っていたわよ。知ってるでしょ？　うちの田舎は和菓子屋やってるじゃない？　おじいちゃんはばりばり働いて、いつも店の前に行列ができて東北からも買いに来る人がいるくらいおいしいお菓子を作り続けたのね。側にいる人を何となく元気にしちゃうような明るい人で、妻や子供や孫を愛し、ぼけずに魅力的なままで九十まで仕事をやめなくて、九十五で大往生したすごくすてきな人だったんだけど、私たちが子供のとき、これを教えてくれたの。自分の子供にも教えてあげなさいって、ただし、これだけは守って伝えないと何の意味もないよ、っていう注意があったの。」

「何？」

弟が夢中になって聞いた。

「話したときのおじいちゃんの目をよく見なさい、って。声の出し方を、部屋の雰囲気を、よくおぼえておきなさい、もしおまえたちが大切な誰かにこの話を伝えるとき、今の私より少しでも自信のない目や声をしているようなら、部屋の感じが今より少しでもよそよそしく感じられたら、話さないほうがいいよ。伝えるのは話なんかじゃないんだ。今の私の、魂の状態を、丸ごと伝えることが大事なんだ。今、ここと同じか、それ以上の状態のときだけ、言ってもいい。ってね。私はよく、観察したの。家族みんな、おじいちゃんとおばあちゃん、私の両親、私、妹、弟二人。部屋は力に満ちた感じだった。明るいような、暖かいような。和菓子屋が少し傾きかけてたけど、それくらいで、それもそんなに深刻ではなかった。夕食の後で、みんなくつろいでいたわ。おじいちゃんはいつもより光った目で、いつもより深い声で話した。何があっても、この人がいれば大丈夫、っていう感じがした。よくおぼえておこう。と思った。その感じを丸ごと。言葉でもなくて、順番でもなくて、よく見たり聞きすぎると忘れちゃうような、ぎゅっと胸にいれて、もうむやみに取り出さないようにして、鮮度を保っておこうって。それで、さっきおもいついて今日言ってみたの。言ってみようかなー、と思って。うまくできたか自信ないけど、大丈夫だと思う。」

母は言った。

「困ったときに、自問自答すればいいの？」

　私はたずねた。

「そうそう、でも、自分にうそついちゃだめだよ。だめだ、違う、面倒だ、って答えでもいいの。毎日、寝る前に目を閉じて『本気で』きくのよ。だめな日が何日続いてもたずね続ければいいの、その普通の勇気が、ある中心を作り始めるの。宗教みたいだけど、生きていくうえでひとつくらいはそういうのが必要なのかもね。」

　母は言った。

「でもきっと、聞いてりゃいいってもんじゃないのよ。聞いてることに安心して、全体のレベルがどんなに落ちても気づかなくなっちゃうのね。暗い声で、大丈夫、大丈夫、って言い続けてもしかたない。自分にうそはつけないものね。でもうちのきょうだいは四人もいるけど、みんな会社が倒産したり、離婚したりしてもそのせいか、おじいちゃんとおばあちゃんの教育のせいかぴんぴんしてる。」

「いい話ね。」

　純子さんが言った。

　もっと昔の人から祖父に受け継がれ、祖父から娘、孫、孫からまたその子供に伝わり続ける一家の秘伝、インディアンのようだ、と私は思った。うちにそんなものがあるとは夢にも思わなかった。でもそれはさっき聞いたような話としてよりも、母がいつも雰囲気としてすでに体ごと伝え続けていたような気がする。

「そのはなし、真由は聞けなかったね。」

私は言った。真由は母の表していることに気づけなかった。

「そう……、私も今日まで、さっきデパートで朔美と話すまで何年間も忘れてたのよ。このこと。」

母は少し悲しそうに言った。

「それより、幹子だよ、意味もなく今いないの。」

私が気づいた。

「仲間はずれだー。」

弟が笑った。

「ばかだねー、今頃どこかで飲んでるんだよ。」

「貴重な話を聞き損ねたわねー。」

母は言った。

「もう百年は聞けないねー。」

「ばかね。」

みんな笑った。楽しかった。家族が好きだった。

夏の勢いにあふれた、すごい青空だった。まぶしくて、そこいらじゅう光って見えた。こういう日が何日も続いて、本当の暑さがやって来る。好きな季節だ。

私はその日、竜一郎とマンボウを見に行った。

「あんたが日本にいない間に、あそこの水族館にマンボウがきたんだよ、知ってるかい？」

と自慢げに言ったら、すごくうらやましがった。そして行こうよ、ということになった。私は何回も行ってるけど、まあ、ついて行ってやってもいいわね、と言ってつき合ってやることにした。

平日で、すいていた。マンボウの水槽は外にあり大きくて、マンボウはゆっくり泳いでいる。そこからは空も見えて、街も見下ろせて、おおらかな気持ちになる。

本当に、私は何回もそこを訪れていた。

頭を打って、退院して、竜一郎も去って、日常が戻ってきたころだ。冬が来ていた。日常の中にいるのに、思い出せないことがたくさんあった。去年の思い出話、母の知り合いのまた友達の笑い話、自分の知っている栓抜きを捜していると、それはおととし買い替えたじゃない、と言われて見たこともない栓抜きを手渡される。あなたが〇〇堂で買ってきたのよ、と言われる。予測がつかない。わからないのにわかったふりをして笑う。そういうことばかりで、さみしかった。何かから仲間はずれだった。マンボウはよかった。

変な形、変なテンポ、すぐ壁にぶつかってしまう。今の私のようだ。そう思った。急いではいないけれどめくらめっぽうだ。

私はよく一人でずっと、マンボウの水槽の前に立った。水族館をざっと見て、あざらしも見て、そしてマンボウのところに最後たどりつくと嬉《うれ》しくて、自分でも驚くほど長い時間、マンボウをぼんやり見ていた。

だから懐《なつ》かしかった。

こんなに暖かい空の下、竜一郎と一緒にここに来る日があるとは、あの頃思ってもみなかった。

マンボウは白く、ゆっくりと泳いでいた。前と少しも変わらず、ただ静かに、行ったり来たりしていた。でも心なしかあの頃よりくつろいで、優しく見えた。眼も、楽しそうに見えた。

私の方が変わったのだ。

孤独と不安を通して見ていた。

でも今は違う、季節も冬ではない。

「まぬけな生き物だねー。」

竜一郎が言った。

「見飽きないね。」

「そうでしょ？」

私は言い、よくここに来ていたことを話した。

「復活の秘訣《ひけつ》だったんだね。」

と彼は言った。

うまい言い方をするなあ、と思った。

時間が、光に照らされながらゆっくりと流れていく。マンボウが泳ぐ速度に似ている。竜一郎は安心させる。ほかの人間とは違う。私に理解できないことを、いかなる次元でもしない。たとえ人を殺したとしても、それが私のとても親しい人だったとしても、彼のことならと最終的には私は納得するだろう。

理屈ではなく、彼の持つ空気なのだ。

真由はどう思っていたのだろう？

でも確か、彼女は自分しかないところにいつもいたから。何者も心に映さなかったから。竜一郎にもどうしようもなかった。

でも今はここでふたり、水槽を見つめて口を開けそうにぼんやりしている。何かにじむような熱い気持ちが、じんわりと湧《わ》いてくるのがわかった。それはふたりの間に蒸気のように漂う気配だった。

「考えたんだけど。」

彼は言った。他に人はなく、マンボウだけが聞いていた。

「ずっと、好きだったみたいなんだ。」

私は黙った。急に何もかもが近くに見えるように思えた。ビルも、手すりも、自分の手も。恋の視覚だ。

「真由がいなくなって、旅行に出ることに決めて、出てみた。一人だとつまんない。ずっと、心のどこかで君と行くことを想定していた。ものを盗まれたり、人に冷たくされたり、ホテルの部屋で異国語のTVを見ながら突如気が狂うほどさみしくなる度に、君しか思い浮かべられなかった。それが俺の旅を続けることのできる最後の秘密だった。だんだんそのことがはっきりしてきた。いつか帰って、君に会おう。そう思うと次の日までやりすごせた。どんどん、君の比重が大きくなってきた。この間、ああいうことになってからなおさら、恋になってきた。」

「頭を打つ前から好きだった？」

私はたずねた。自分でも案外気にしているのが、こういうときわかる。

「頭を打つ前の君は、心の中の君だったみたい。真由のこともあったし、うまくいきっこない気がした。」

彼は言った。

「でも、何かが変わった。こっちが旅で鍛えられたのか、頭を打って君のほうに何かが起こったのか、わかんない。でもこの前会ったとき君はダイナミックで、むきだしで、昔とはわけが違う、新しい匂《にお》いがしたよ。でもそれはたぶん、もともとの君に感じていた魂みたいなものが、表に出てきただけなんだ。何かが変わって、俺たちがうまくいってもいいような、楽しい何かが芽生えてきた。微妙なことなんだ。ロマンチックなことじゃない、あのままだったら俺は君のことを一生、心の支えだけにしてとっておいたと思う。でも、旅に出て、君は頭を打って、何かが変わったんだ。わくわくする変わり方で。俺、口がうますぎる？」

彼は、言った。

私は困ってマンボウたちを見ていた。こうなるとこいつらはにやにやしているようにすら見えて、恥ずかしくなってしまった。

「わかりすぎるほどわかって、口がうまいという印象はないなあ。」

私は言った。

「むしろ伝えようという熱意の方を、強く感じる。」

「添削してくれって言ってないって。」

彼はそう言ってげらげら笑った。

「じゃあ、一緒に出かけようよ。一度。」

私は言った。

「どこか、日本でも外国でもいい、一緒に。そうして確かめてみようよ。どっちも。ふたりとも。帰ってきたときの港とか、旅先で思い描く架空の女にだけはなりたくない。うそくさくてぞっとする。それより実際にどこかに行って、何か楽しいことになるか、確かめてみよう。」

「うん、いいよ。どこかに行こう。」

竜一郎は私を見て言った。

「来月しばらくサイパンの友達のところに行くんだけど、どうかな。急すぎる？」

「急じゃない。行く、行きたい。」

私は笑った。

「楽しいね。」

「うん、本当に楽しみだ。」

彼は言った。

夕方の気配が、街にしのびよってきていた。陽にはかすかにオレンジが混じり、西の雲は明るく光りはじめた。

私は手すりにかかっている彼の手を取った。彼は強く私の手を握り返した。知っている、乾いた暖かさだった。ふたりの間には触覚もあったのだ、と思い知った。思い出した。目の前を泳ぐマンボウの、滑らかな白を見つめた。触りたい、と思った。

何もかもに触ってから確かめたい。

そう思った。

窓の外にまぶしく光る、真昼の雲の海を見るのはとても妙な気分だった。このところの何もかもが夢だった、と言われてもすぐに納得しただろう。そう思うと、いままでのいつ、どんな時のこともみんな夢みたいに遠くて軽い。

とにかくいつのまにかことが運んで、私はサイパンに向かう飛行機の中にいた。奮発してビジネスクラスを取ったので、驚くほど広々とした空間を所有していた。午前中はやくに起きたからまだぼんやり眠く、それをさますためにイヤホーンから大音量で流れるラップを聴きながら読書していた。寝ている間についてしまうとつまらないから、寝るのをよすためだ。本は、カフスボタンとロールスロイスをまったく同じレベルで子供の宝物として集めた聖者の伝記だった。とても興味深く、悲しい。

何もかもが「いま」の感じにぴったりはまっていた。でも、こんなふうにいくら並べ立てても、機内食についてきたビールに酔っぱらった今の私の不思議きわまりない解放感を説明することはできない。

となりには竜一郎がいる。

背もたれを思いきり倒して、眠っている。

弟みたいなまつげをしている。

こんなふうに、いとおしいものの寝顔はみんな同じに見える。とおくて、さみしい感じがする。眠れる森の美女のような影を落として、私のいない世界をさ迷っている。

後ろの席には、新しい友人がいる。名を、コズミくんという。一緒にサイパンに行くのだ。

コズミくんはとても変わった人だ。私は今まで生きてきて、TVの中でも、本の中でもこういう人には会ったことがない。

二週間前のことだった。私がバイトしているベリーズという店に竜一郎から電話がかかってきて、

「サイパンで世話になる奴《やつ》が上京してるんだ。今夜、そこに連れてくよ。」

と言われた。

いいよ、と言いながら内心、面倒くさいなー、と思った。このところ休みがちなのにサイパンに行くとか言ったらさすがにマスターも冷たくなってきているし、コズミ

くんがサイパンに住みついてサンドイッチ屋と、ダイビング用品のレンタルショップをやっているというだけで、すでに偏見を持っていた。きっと黒くて、ダイビングが好きで、大勢で飲むのが何より好きな奴なんだろう。嫌だなあ……と思った。でも、ダイビングくらいやってもいいな……とかいろいろ思いをめぐらせていた。サイパンに行くのは初めてで、しかも竜一郎と一緒なので、楽しみだった。周りが何と言おうと、バイトをどんなに休んでしまうことになろうと、嬉《うれ》しさは減らない。

私はこの恋愛にそれなりに浮かれていた。

「しばらくサイパンに行こうと思うんだけど。」

母に告げた。

「家は大丈夫かね。」

「大丈夫よ、それに、サイパンなんてすぐそばじゃない。」

母は笑った。

「ところで、誰と行くの？」

「竜一郎と。」

私が言うと母が言った。

「あらあら、まあまあまあ。」

そして笑った。

「自殺しないでね。」

弟にも告げた。

「竜ちゃんとサイパンに行くんだ。おまえも来る？」

「うーん、行きたいけど……。」

本当に長い間、彼は考え、

「もう少し、がんばってみようかな。」

と言った。

「もし家出したくなったら、いつでも呼んでやるから、電話しな。」

「国際電話、かけられないよ。」

「教えてやるよ。日本語だけでいいんだよ。」

と、私は電話のかけ方を紙に書いててていねいに教えてやった。

「でも、朔ちゃん、本当に好きになったの？　成り行きじゃなくて？」

弟は突然、ぐさっとくることを言った。

「うーん、どうして？」

「お母さんが恋に落ちると、毎日出かけるけど、朔ちゃんはけっこういつも家にいるみたいだし。」

「そうねー、そうかもね。」

私は言った。

「運命？」

弟はたずねた。

「運命の恋、っていうんじゃないけど、巻き込まれざるをえない運命……って感じかもしれない。」

「そう！　それ！　僕がいいたかったこと。」

弟は嬉しそうに叫んだ。

弟としての嫉妬《しっと》なのか、予知者としての言葉なのかわからなかった。

そう、この恋はとても特殊に白く光っていて（あの日のＵＦＯみたいに）、違う運命にジャンプするために二人で組まなくてはいけない、という感じがした。

後のことはいいから、とにかく今、手をつないで飛ばないと、このめまぐるしく変化する人生とはぐれてしまう。

よく発明コンクールで見る不器用な「自動ドア開け機」みたいだ。手もとから転がしたボーリングの玉がバケツをひっくりかえし、水が流れて、水車を回し……いろいろあって、ドアが開く。

風が吹いて、桶屋《おけや》が儲《もう》かる。

わらしべで、長者になる。

そういうのみたいだ。

つながっていて、人は無力だ。無力のようだが何でもできる。

何かの力と、ゲームしながらジャンプする。しそこなっても死ぬことはないのに、何かが体の中で「違う」「今だ」「そっちじゃない」とちかちか光る。それが押さえ切れなくなって、ジャンプしつづける。

その夜、竜一郎に連れられて店に来たコズミくんは「サイパンに住む黒くて陽気なあのタイプ」という私の稚拙な予想をはるかに上回る意外な人だった。

黒いどころではない、色素がないのだ。透ける茶の目、髪。白子。

「あらー。」

と私は思った。

「コズミくんだよ。コズミくん、こちらが朔美ちゃん。」

はじめまして、と彼は笑った。おおらかな笑顔だった。いかに白くてもその広がりぐあいはやはり南の空を感じさせる。

店には他に客はなかった。

マスターはあまりにも久しぶりに会った竜一郎におどろいて、話をはじめた。

私はコズミくんと向かい合ってしまった。

暗く柔らかい照明に照らされて、彼は彫像のように見えた。

「サイパンに妻がいるんです。」

だしぬけに彼は言った。

おいおい、そんなこと言わなくたって、彼氏の友達に目をつけたりしないわよ、と私は思ったが、

「そう。」

と言った。しかしそういうことではなかったようで、

「きっと、朔美さんと仲良くなると思う。」

彼は笑った。

「あっちの人？」

「いいえ、日本人です。名を、させ子と言います。」

「させ子？　すげー！」

私は初対面の人なのに失礼な言葉で驚いてしまった。させ子と言えば、「公衆便所」という意味ではないか。どこの親が娘にそのような名をつける？

「彼女の名をきくと、みんなびっくりします。彼女の親はひどい人達でした。」

私の疑問に答えるように、彼は言った。

「彼女の人生を簡単に説明します。お母さんはアル中で、彼女を産んで三年目にころんで死にましたが、もともと彼女はお父さん以外の行きずりの人との子供なんです。お父さんは腹を立て、けんかの勢いで区役所に行き、お母さんにないしょでその名前を届けてしまったそうです。」

「まあ。」

「しかも、お父さんはやくざな男で、お母さんなき後彼女を育てる能力がなくて、彼女はすぐ乳児院に入れられ、孤児院に行き、十六のとき男についてサイパンに来たそうです。サイパンではさせ子という言葉が意味を持たないので、楽になった彼女はほんとうに『させ子』になって暮らしていたそうです。」

「はあ。」

笑顔を絶やさず淡々と話す彼は、不思議だった。そのかすれた声も、不思議だった。

「でも妻は、僕に会ってから天職を見つけたようです。彼女には特殊技能があったのです。」

「何ですか？」

私はたずねた。

「望まれずに生まれた彼女は、おなかの中で母親が自分を憎んでいるのを感じ続けたそうです。でも赤ん坊はよそに行くわけにいきません。へその緒でつながっているのだから、聞きたくないことも感じたくないことも、感じ続けなくてはならない。その悲しみと、逃げたいという心の切実な叫びが、ほかのものとのコミュニケーションを生んだのです。」

「ほかのもの？」

「霊です。」

彼はきっぱりと言った。あーあ、こまっちゃったなー、と私は思った。

「彼女は今、サイパンで、男を抱くかわりに霊を慰めるという天職についています。歌を使って、供養《くよう》をしているのです。」

「歌うの？」

「そう。ぜひ聴きに来て下さい。」

誇らしげに彼は言った。

「サイパンなら、霊はいくらでもいるでしょうね。」

私は言った。

「そう、いくらでも。ちょっと失礼。」

彼はトイレに立った。

話がはずんでるようだね、と竜一郎がこちらをむいて言った。

「変わった人ね。」

私は言った。

「でも、基本的にうそはついてないんだ、ひとつも。」

竜一郎は言った。

彼がそう言うんだから、うそじゃないんだろうな。と私は思った。

だがどんなことになるのか、あまりのうさんくささに見当もつかなかった。

帰りぎわ、私はコズミくんに言った。

「奥様によろしく。でも、そんな、すごい人と私、本当に仲良くなれるのかしら。」

「大丈夫、保証しますよ。」

彼は言った。月夜で、道が明るかった。その薄い色の目が光ってきれいだった。そして私は知った。変わっているのは色でも、言葉でもない。身にまとっているムードだ。月夜の浜辺みたいな、真昼の墓地みたいな、空気の匂《にお》いだ。光と死が共存した、混沌《こんとん》の気配だ。彼はそういうひとで、私はそういうひとにはじめて会ったのだ。

文字がぼんやりし、ラップが遠くに響いていた。うとうとしはじめていたのだ。

その時。

飛行機ががくん、と揺れてはっと目覚めたとき、突如、

「栄子」

が飛び込んで来た。その匂い、画面、感触、すべての情報が私になだれ込んで来た。私はどぎまぎして、いても立ってもいられなくなり、頭がくらくらした。飛行機はすぐにもとの平和な飛行に戻ったが、私の心臓のどきどきはおさまらなかった。

さっき飛び込んで来た栄子の目、髪、後ろ姿、声、断片として、総体として。そしてつぎつぎと飛び込んでくる二人の思い出。生々しく、鋭く残っていた。じっとしていられなくなって、意味もなくトイレに立った。

銀色の個室で、息を整えた。

「シャイニング」の原作にこういうシーンがあった。主人公の少年が助けを求めて思念を飛ばすのだ。呼んだのか？　と思った。栄子の身に何かあったのだろうか？　そうしているうちにやがて、ショックがおさまってきた。着いたら電話してみよう、と思った。さっきはこういう具体策は思いつけないくらい動揺していたのだ。

トイレを出て、席に戻ると竜一郎が目覚めていた。

「もうすぐ着くよ。」

彼は笑った。シートベルト着用のサインが出て、アナウンスが入る。窓のはるか下には、陽にさらされた緑の島々が見えている。あまりにもくっきりしていて、写真のようだった。海は濃い青のグラデーションで、波頭がとがった白い紋様に見えた。

「わー、きれい、きれい、とてもきれい。」

私は言った。

「本当だねえ！」

旅慣れている彼も目を輝かせていた。この人は常にこうやって感激しているのだろう。と私は思った。それをパンを発酵させるように寝かせて、ふくらませてやがて別の出口から文章にする。

「ねえ。」

後ろの席からコズミくんが声をかけて来た。

「きれいだね！　見慣れたコズミくんもそう思う？」

私は言った。

「うん、毎回わくわくする。それはいいけど……」

彼は言った。

「今さっき、女の人が君のことを呼んでたのがわかった？」

ただただびっくりした。

「どんなひと？」

私はたずねた。

「うーん、よく見えない……けど、きれいな、細い人。声が高い。」

「当たってる。」

私は言った。そして思った。〝そうか、これからいくところではこのリアリティになれなくてはいけないのか〟そしてどうも、この切りかえこそが私の命を支えてきた知恵らしいのだ。

「着いたらすぐ、電話したほうがいいよ。」

私の動揺とはうらはらに当然のことのような口調でコズミくんは言った。寒いから、上着を持っていったほうがいいよ、と言うように。

「わかった。」

と私は答えた。


飛行機から出ると、空気はねっとりと熱く、なのにどこか何もかもが希薄な感じがした。

青すぎる空のせいか。

緑の甘い空気のせいか。

ちょっとまってて、と言って私は電話をかけに行った。あわてて両替して、国際電話専用機を捜し、栄子の自宅の番号をダイヤルした。まわりの音ががやがやとうるさくてよく聞き取れなかったが、呼び出し音だけがいつまでも響いた。変だな、と思った。あの大邸宅にはいつも栄子のお母さんがいるはずだし、留守でもお手伝いさんがいるはずだった。どうしようかな、と思っていたらがちゃ、と音がして「もしもし」とお手伝いさんが出た。

ほっとした。

「栄子さん、いますか？」

私がたずねると、お手伝いさんが言った。

「それがね、だれもいらっしゃらないんですよ。奥様も、栄子さんも。栄子さんは今日は朝からお留守でしたけど、奥様はいらっしゃったんですけどね。私も今、お使いから帰って来たんですけれどね、何もおっしゃってなかったから、おかしいな、と思ってお待ちしてるんですけど……」

不安は消えなかった。

私は、今サイパンにいるけど、戻ったら必ず電話するように伝えて下さい、と言ってホテルの電話番号を告げた。

今、ほかにできることはなかった。

気をとり直して、入国手続きの列についた。二人は別の列で、もう手続きをすませようとしていた。

私がカウンターを出たとき、竜一郎とコズミ君がこちらを向いて立ち、小さな女の人と話していた。奥さんだ、と思った。長い黒髪、ピンクのシャツ。竜一郎は私に気づき、手招きをした。そして、彼女が振り向いたとき、本当に驚いて、立ち止まってしまった。

あの日、高知でインターホンをならし、笑顔を見せて消えたあの彼女だった。

彼女は目が細く、鼻が丸く、唇も丸い。何とも言えない甘い香りを含んだような人だった。どこか遠くに向かってほほえんでいるようだった。長年の不良ぐらしで身についたらしい、「ヤンキー」っぽいセンスや爪《つめ》の色や濃い化粧の感じとはまた別に、ひどく酔っている人や、後期の真由のように薬を使っている人特有のものによく似た、あのおっとりした感じを持っていた。

私もほほえみ返した。

彼女は右手を差し出し、「はじめまして」と言った。柔らかく、すこしかすれた低い声だった。しかし不思議な深さがあった。

私は「こんにちは、お世話になります」と言って握手した。

すると、彼女は
「あらぁー。」

と言った。

「どうしたの？」

とコズミくんがけげんそうに言った。

「珍しい、すごく珍しい。こんな人、あなた以外にいたなんて。」

彼女はコズミくんに言った。

「何が？」

と私は聞いた。当然だ。

「あなたは、半分死んでるんだわ。」

彼女はにこにこして言った。

私はかちんときた。

竜一郎はおもしろい、という顔をした。

コズミくんは「失礼だよ！」と言った。

「悪いことじゃないのよ。」

弁解するように優しく、彼女は言った。

そうかな、いいことかなあと私は思った。

「いつか半分死んだことで、あなたの残りの機能が全開になったのね。生まれ変わったのよ。ヨガの人達が一生かかってやるようなことよ。めずらしいことよ。」

一生懸命説明してくれた。

コズミくんの運転で、泊まることになっているホテルに向かった。コズミくんは自宅に泊まれば？　と何回も言ってくれたが、長くなると気づまりなので彼らの家の近所の安いホテルを取った。いちばんの盛り場であるガラパンからもう少し南のススペというあたりだった。

南の空は明るく光り、風はなまぬるくジャングルを揺らしていた。空港からの道は、なにもない、ジャングルの連続だった。

ぼんやり眺めていたが、気づくと、心身ともにおかしな状態になっていた。

それはまさにｂｅｃｏｍｅ、という感じだった。

胸が苦しい。周りを取り巻く空気がまるでうねりを持っているように重い。景色がゆがんで見える。ちょうどやかんで湯を沸かしている蒸気の向こうにあるように、空や木々や地面が揺れる。

車に酔ったのかな、と思って深呼吸をしたが、治らなかった。自分の肉体と精神の輪郭が薄くなっていくような感じがした。しかしそれにともなう圧迫感がいいしれないほどヘビーで暗い。

おかしいな、と思いながらやがて車がススペの町中に入ると、突如その感じは消えた。

だからすぐ忘れてしまった。が、それが最初の体験だった。

ススペの町は映画のセットみたいに簡単で、建物が少ないぶん風景に勢いがあって、車が通ると白い土煙がまるで効果をだすためにあるようにきちんと舞った。

これからの拠点となるだろうホテルを横目に、まずはコズミくんの家にいくことにした。ホテルから車で一分のところ、道路に面して彼らのうちはあった。平家で玄関はオレンジ色で、とにかく広そうだった。

「反対側が店だから、店に行っててて。」

と彼が言い、私たちは車を降りた。

「どうぞこちらへ。」

させ子が家のわきの小道を入っていった。

「いい店なんだよ。」

竜一郎が言ったのと同時くらいに小道を抜け終わった時、いきなり海が目に飛び込んできた。

家の裏が、ビーチに面して店になっていたのだ。

穏やかな、はるかに澄んだ、青い水。白い、さらさらの砂。

「戻りました。」

とさせ子がカウンターの奥に声をかけると、奥から日本人の男の人が出てきた。

「お帰りなさい、いらっしゃい。」

私たちを見ると、そう言った。これがあるべき姿だ、と、このところはじめてほっとするような黒くてひげがはえててスポーツが好きそうな青年だった。

「何か飲み物を。あ、坐《すわ》って。」

させ子は言った。

ビーチに並ぶ白いいすとテーブル。パラソル。ブルーのテーブルクロス。その上にくっきりと光と影をわける、南国の陽ざし。

私と竜一郎は、海にいちばん近いテーブルに坐った。

お客は他に一組しかいなかった。派手な水着のアメリカ人の老夫婦だ。みるからにのんびりとしたようすで、優雅にサンドイッチを食べていた。暗いカウンターの奥から、甘そうなジュースをトレーに載せたさっきの青年と、車をとめてきたコズミくんが何か話しながら歩いてきた。陽の下では、色素のうすいコズミくんは透けそうに見えたが、その四肢はしっかりとサイパンの空気に根づいているように堂々としていた。

「ここがこの人の場所だ」と私は思った。

じりじりと、むきだしの腕が日に灼《や》けて、風が額の汗を冷やし、グラスは汗をかき、彼らは日々のことを話している。

それでもう、すっかり私にとって、ここは日常になった。昔からいたかのようだ。

「ちょっと、彼と仕入れに行ってくる。」

コズミくんは言った。

「ゆっくりしてって。夜、飯を食いに行こう。電話する。」

いってらっしゃい、と手を振り、三人が残った。

「あそこに見えるのが、あなたたちのホテルのビーチバーよ。」

させ子が指さした。

右手のほうに、この店と同じようなテーブルが浜に出ているのが見えた。風にのって、音楽も聞こえてくる。

「近いの。」

「海の家、だね、日本でいう。」

竜一郎が言った。

「そうね、こういうのが多いわね。」

させ子が笑った。

「軽食とビールと甘いジュース。」

「ここのサンドイッチは特別うまいよ。」

竜一郎は私にむかって言った。

「昼なんて混んじゃって大変だ。」

「食べに来たいな。」

私は言った。

そのときまた、ふいにさっきの感じが襲って来た。いいしれぬ圧迫感、ゆがむ空気、苦しい呼吸。

青空も、新鮮な海風も、品のいいサンドイッチ屋も、遠のいていく。旅の期待と解放感も。

ただただみじめな胸の苦しみだけが満ちてくる。風邪とか、花粉症とか、高山病に似ている。ものがちゃんと手につきそうもない。

何だろう？

栄子に関係あるのだろうか？

と思うとまた憂鬱《ゆううつ》になったが、それでも息を止めて自分の中を深く探ってみたら、栄子とは関係ないという確信が生まれた。

そのとき、させ子がそのきれいな黒髪をぷるぷるっと振った。

まるで髪についた水滴を振り払うように、目を閉じてそうした。私にはその髪の作った軌跡が、まるでスローモーションのように鮮やかに見えた。鞭《むち》のようにしなやかな曲線を描いて何かを振り払った。

そうしたら不思議なことに、胸がすっきりしていた。

それはなくなると、まるでなかったことのように思えた。どういうふうに圧迫されていたのか、もう思い出せなかった。させ子が何をしたのか。わからなかったが、私はさせ子を見つめた。

「どうした？」

竜一郎がたずねた。

「ううん、ちょっと頭が重くてね。」

と彼女は笑った。

「大したことではないの。よくあることよ。ここいらでは。」

そう言って私を見た。

私はうなずいた。

霊、という言葉が浮かんだ。

ジャングルに、海に、浜辺に、無数に漂う日本人の、昔ここで死んだ人。何万人もいる。そういう場所だ。

そうか！　無理もない。

私は思った。

日本では感じたことのないことも、相手の人数が違えば、感じるかもしれない。それに弟のことがあってから、私の勘はとぎすまされている。日に日に感度が増している。

だから？

それとも霊に向かって歌うというこの人がいるから？

私が半分死んでいるから？　死に続けている？

最後の思いつきは私を少しさみしくさせた。そう、確かに誰もが死に続けている。でも、細胞は次々新しく生まれて、何もかもが刻々と微妙な光に揺れながら変わり続けているそのサイクルから、私は何らかの理由によって少しずつ、ずれ始めているのかもしれない。

多分それは不老不死になるというようなうつくしい夢ではなく、すべてをあからさまに〝ただ見てしまう〟悲しい自覚の細胞が生まれている、ということだった。

海辺はもう西日で、波音も遠くにフェードアウトしていくようだった。静かに静かに揺れる椰子《やし》の木が、オレンジに輝き始める。

「きれいな夕方ねぇ。」

おっとりとさせ子が言った。そして、となりのビーチバーから聴こえてきている曲にあわせて、かすかにハミングし始めた。

その、子供のころの思い出の中のラジオから聴こえてきているような遠くて甘い声が、なつかしくて柔らかくて親しくて、今自分のいる場所を目が覚めるようにはじめて本当に実感させた。

ドームのように広い空、海。ただ西日を眺め、恋人を横に置き、犬のようにこの美しい空気にしっぽを振っている。そういう気分。

祝福、

された時間だ。

夕日が沈むまで、ただ眺めていた。

誰に歌うでもなく、無意識のうちにさせ子はハミングを続けた。それでも音はまるで目に見えるように空気を縫って、この世でいちばんいい香りのように立ち上って行った。美しい歌声だった。かすれて、甘く、正確で厳しく、でも震えを秘めていた。

それが、私がさせ子の歌を聴いた初めのときだった。

11

サイパンの夜の明かりはダイヤモンドみたいだった。建物が少なくて、明かりが大きい。空気が澄んでいて、海の水分が満ちている。

私は、カラオケ屋や変なみやげもの屋やおかしな日本語の看板のうず巻く強力なネオンの町を歩き、チャモロ料理を食べ、昔のアメリカ映画に出て来るような広い夜道を半袖《はんそで》でぶらぶら歩き、「新しい人生始まって以来の」解放感を味わっていた。

旅先では、特にこんなにゆっくりと時間が流れるところでは、私の記憶の順番なんてもともとどうでもいいように思える。ないのだ、きっと、そんなもの。ここにいて、潮風の匂《にお》いがして、それは子供のころかいだのでも、このあいだの高知でもなくて、生まれる前にかいだのでも、母の羊水の匂いでもない。そして、そのうちのどれでもある。でも、まさに今しかない今、私の鼻から体中のすみずみに行きわたり、甘い記憶のひとつとして永遠に刻み込まれる。

その順番に頭を悩ませているよりもずっと美しいものがあり、それを体にしみこませるために感覚を開いていたい。

そういうことをあたりまえに受け入れられるような空気だった。

週刊誌で見る「昭和初期の銀座」みたいな、人間に対しておおらかな風景だった。写真を見てよく思った。こんなところを歩いたら、どんなに気持ちいいだろう。空が広くて、人々の顔も晴れやかで、まるでパノラマのようだ。

東京で自分のあいまいな記憶にいらだち、罪悪感さえ持っていた神経症的な感覚がはるかに遠い。


「生まれつきこんなふうだったけど。」

と言ってコズミくんは自分の白っぽい髪を指した。

「家族には恵まれていたんです。」

私たちは四人で食事をした後、ホテルのビーチバーに戻ってきていた。みんなかなり飲んでいて、でも酔っぱらってはいなかった。させ子は飲めないの、と言って一滴も飲まず、ここまで運転をしてきた。

海岸に面した屋外のバーは大繁盛《はんじょう》で、地元の人もあらゆる国からの旅行者もみな集いビールだのカクテルだのを飲み、すべてのテーブルにろうそくが灯《とも》され、へたなバンドが生演奏をして、とにかくにぎわっていた。

一方目の前の海は恐ろしく静まりかえり、月が道のようにくっきりと海面を照らしていた。白い砂浜はそうっと海によりそって横たわり、はるか弓なりに続いていった。

そんななかでコズミくんがシャイな感じでまたも告白を始めた。彼の告白はいつも唐突で深刻だ。

こういうとき、きっと何回もこの話を聞いているであろう妻はどういう顔をしているのか、また？という顔か、尊敬の顔か……と思って見てみたら、させ子は頬づえをついて何ともいえないいい顔をしていた。観音様みたいに白くて優しく、溶けてしまいそうに甘い。でも目は強く光っている。ろうそくの明かりに照らされて、それは意外な表情だった。私はそれをかつて見たことがあった。出産直後の猫が子猫を見るときの本能的な、生々しい顔だ。親猫は三日もたって子猫がしっかりしてくるともうそんな顔はしなくなる。出産の戦いを終えて、誇りとか自分の血とかにまみれた愛情がむき出しになったときだけの目だった。

「俺も聞いたことない、おまえの家族の話なんて。」

竜一郎が言った。

「出身地さえ。どこだっけ？　なんか、はじめからサイパンにいるような感じだよ。」

「静岡の田舎の漁村だよ。」

　コズミくんは笑った。

「両親はおじとめいの、あるいはもっと血が近い結婚だったらしいんだ。」

　それ以上のくわしいことを、彼は言わなかった。

「でも、僕以外のきょうだいはみんな普通の外見をしていてね。」

　バンドの音楽が休憩になって、人々の話すざわめきが波音に混じって流れ始めた。夜の海は艶《つや》めき、白い砂地に溶けるように滑らかだった。彼は話し続けた。

「僕の両親は本当に普通の人達だった。父は漁師でたくましくて、母は田舎の太ったおばさんなんだけど限りなくいいひとで、近所の人気者で、僕たちは五人きょうだいだった。兄と、姉と、僕と、弟二人。あんまり仕切りのない家で、きょうだい五人、ざこ寝をしてた。いつもはしゃいでなかなか寝なくてね、母にしかられて。楽しくて楽しくて、毎日が。そういうこどもだったんだ。

　夕ごはんなんてもう大騒ぎで、にぎやかすぎて何が何だかわからないくらいだった。兄と姉が少し年上だったから、ぼくら小さい三人の面倒を見てくれた。いっちゃ何だけど幸福だった。僕は子供時代に自分の色素が人よりうすいということを気にしたことすらなかった。

でも、ほかのきょうだいとは違う部分があるということは感じていた。ときどき、何だかわからないけど、何かを予感したりする。天気とか、けがとか、テストの点とか。でも、そのくらい。

ただいつも恐れていることがあって、そのことは誰にも言えなかった。夜が来て、みんながひとしきりはしゃいで、ランプひとつの薄暗闇《うすくらやみ》に母の足音がせまってきてがらっと戸が開いて『寝なさい!』ってしかられて、くすくす笑って、ひそひそ話して……やがてみんな眠る。僕もうとうとと眠る。いい夜の終わり、楽しい明日のために。

でも、時々、うんと小さいころから年に一回くらいの割合で、真夜中ぱっちりと突然目が覚めることがあった。

そういうときは、まるで電気をつけられたかと思うくらいぱっと目が覚める。いつもそうだった。そして、濃いイオウの匂いが感じられる。何事かと思う。誰かが屁《へ》でもしたのかな、と寝ぼけた頭で思う。でもそんななまやさしい匂いではないんだ。自分の頭の中からしてくるみたいな、決して振り払えない匂い。僕はみんなを見る。ランプと月明かりで照らされて、健やかな寝息を立てて、死んだようにごろごろと横たわっている。せまい家のその風景は雑多で、のんきで安心する。姉の顔、兄の濃い眉《まゆ》毛《げ》。弟たちの小さい鼻。よく見る。昼間よりも弱く、無防備に見えて少し心細くなる。

でもみんな明日の朝になれば、また大騒ぎで起きだして、トイレを取り合ったり、TVをみたり、憎たらしかったり、かわいかったりする。朝になれば、目を覚ませば。にぎやかになる、ひとりじゃなくなる。そう思うとすごく嬉《うれ》しくて、また寝ようと思う。でも、イオウの匂いは消えない。そのとき突然誰かがささやく。いつもそうだ。『おまえだけが残る』そう言う。はっきりと聞こえる。意味はわからない。でも、急にそんな気がしてくるんだ。今、ここで眠っているみんなのほうがまぼろしで、気づくとみんな消えているような。そして自分だけが残るような気がどんどんしてくる。生きていくことが、すごく怖いことに思えてくる。生々しくて怖くて、ついに姉を起こす。怖い、と言って手を握る。温かい。姉は寝ぼけて、でも手を握り返してくれる。確かにいる、と思うと、いつだって涙が出るほど安心した。でも何か消えないものがある。姉にも、親にもどうすることもできない巨大な影を感じる。感じたくないのに、感じる。自分たちを非力だと、小さいと思わせる何かが。薄明かりのなかで姉の顔だけを見つめて、いつの間にか眠ってしまう。

朝になるとイオウの匂いは消えていて、いつもどおりの楽しい雰囲気と朝日が部屋に満ちている。寝坊をした僕に姉は、あんた昨日怖いゆめみて起きちゃったのよね、と言う。うん、と言ってもうあの感じを忘れている。でも、言葉だけおぼえてる。おまえだけが残る、という低い声。でも、みんなうるさいほど元気に朝の支度をしていて、父はもうとっくに出かけ、母はたち働いて、家の中はすべてが紛れてしまうくらい生命にあふれている。でもイオウの匂いだけは忘れられない。死の匂いだ。

予言が何を意味していたかはやがてわかった。みんな大きくなって独立してから。……はじめに海の事故で父が死んだ。バイクの事故で弟が一人死んだ。……勤め先で感電事故があり、姉が死んだ。しばらくして兄が病気で死んだ。二年前、留学先で弟がエイズにかかって死んだ。今は母と僕だけだ。母は日本にいてずっと、精神の病院に入っている。僕のこともあんまりよくわからない。させ子と結婚したこともあんまりよくわかっていない。あわせるといつもさせ子と死んだ姉を混同しちゃうんだ。きょうだいで残ったのは僕だけだった。だから、いまだに伊豆の塩水っぽいやつ以外の温泉には行けないんだ。イオウがいやでね。

それ以来、そういう予言の声は聞こえてこないけれど、よく夢は見るんだ。みんなで寝ている子供時代の夢。寝息が響いて、いびきも、歯ぎしりも。でもみんなすうすうと寝ている。子供のときの寝顔で。僕はその寝顔を見て、今はみんなここにいるけれど、みんな死んでしまうんじゃあ、って、夢の中で思う。一人で残るんじゃあ、って。でも今はみんなここにいる、大丈夫だ。朝が来ればみんな起きる。そう思う。

……目が覚めると泣きたくなる。みんなが棺桶《かんおけ》に入っている場面も見たっていうのに、夢の中じゃきょうだいはただ健康に眠っていて、でも死んでしまった。もう強烈に、何が何だかわからなくなる。それに、僕は母を捨てて、ここに住んでいるんだ。」

そ、と私が言おうとしたとき、竜一郎が言った。

「それは、捨てたんじゃないんだから、罪悪感を持つことないよ。」

私がむしょうに言いたかったことと全く同じことだった。でも、多分私が言うよりも効きめはあった。そういうときの竜一郎は本当のことを言っているように見える。本当に、見える。それは技だ。真実の響きと、力強さを思いやりで包んだ固まりを相手にぶつける。

「うん、そう思うようにしてる。」

「コズミは勝ち残ったんだよ。生き続けているんだよ。弱い遺伝子とか、死にやすい運命とかからひとりだけ逃げ延びたんだ。跳ね返したんだよ。」

竜一郎は言った。

させ子がうなずいた。

「だから、今はうまくいってる分、させ子が死ぬのがいちばん怖い。」

コズミくんは言った。

「ときどき、眠れないくらい怖くなるんだ。」

「イオウの匂いが、する？」

させ子は自分の長い髪を手ですいて、コズミくんの前でひらひらさせた。

「シャンプーの匂いと、潮の匂いがする。」

コズミくんが久しぶりに笑ったので、ほっとした。

海辺の闇に躍るその告白は、ひどくさみしい夢のように私の胸にしみこんでしまってやりきれなかったのだ。

「今、僕の弟が近くに来ているけど、そして言うんだけれど。」

突如、コズミくんが私を見て言った。

「君、妹が死んでる？」

私はうなずいたが、驚きはしなかった。竜一郎から聞いたことを彼自身忘れているということも考えられるし、とにかく大家族を全員失うなんていう現代では珍しい体験をした人に、どんな能力があってもそんなに驚けない。昔は死がもっと身近だったから、小さな村にはコズミくんみたいな人が沢山いたのかもしれない。

「それでね、君の、さっき飛行機のなかで呼んでた友達、少し妹に似てる人。」

誰？　と竜一郎が言い、栄子、と私は言った。ああ、と竜一郎は納得した。そういえば目とか、少し似てるな、と言った。

おかしなことにその何気ない瞬間、こうなってからはじめて、「死んだ妹が竜一郎の恋人だったこと」につよい嫉妬《しっと》をおぼえた。でもコズミくんの次の一言ですべてふっとんでしまった。

「その人……愛子さん？　いえ子さん？　そういう名前の人。女の人に刺されたよ。」

「えっ？」

私は驚いて、目を見開いてしまった。コズミくんはぼんやりと、ほんとうにだれかの声を聞いているように宙を見ていた。

「奥さん……？　どういう意味？　奥さんに刺されてる。あっ、そうか、不倫だね。」

コズミくんは言った。

「死んじゃった？」

あわてて私は聞いた。聞くほかないじゃないか。

「いや、生きてる。」

本当にほっとした。あんなに強力に呼ばれたのだ。コズミくんはまるでTVの画面を説明するみたいに続けた。

「入院してる。傷よりもショックが強いみたい。すごく強い薬で眠ってる。傷はそんなにひどくないみたいだよ。でも、しばらくは動かせない。」

「よかった。」

私は言った。信じるしかないし、多分本当だろうと思った。そんな気がしたからだ。

「いや、弟が教えてくれたんだ。」

彼はほほえんだ。

そのときさせ子が言った。

「本当に弟かなー、それ。」

無邪気で、冷たい言い方だった。

「どういう意味だよ。」

コズミくんは怒った声で言った。

「だって、私、霊のことなら感じるもん。わかるもん。でも、今、弟の気配感じなかったよ。いつも、そうだよ。」

させ子は言った。

「じゃあ、僕がうそついてるって言うのか？　口からでまかせだって？」

コズミくんは必死で落ち着いた声を出そうとしていたが、怒りは隠せなかった。

「ちがうよー、そんなことじゃなくて、あなた自身が言ってるの。あなた自身が感じてるんだよ。霊って、もっと勝手だったり、独立してるよ。そんなに優しくない。だいたい、生きてるとき憎たらしかったり、甘えん坊だった人が死んでそんなに都合よく優しい人になるのかなあ。きっと、見守ってはくれるけど、性格は聖者に変わったりなんかしないよ。」

淡々とさせ子は言った。

「僕のそばに弟はいないって言うの？」

悲しそうにコズミくんは言った。

私と竜一郎は顔を見合わせた。思いは同じだった。……どっちでもいいから、とりあえず夫婦げんかはやめてくれ。

「違うよ、きっといるのよ。でもねぇ、あなたに何か教えてくれるのは、あなた自身の魂よ。弟だと思いたい気持ちわかるけど、でも、頼っちゃだめ。そのうち弟のふりをした変な霊が入ってきて、振り回されちゃうよ。」

させ子はほほえんだ。

「強くならなきゃ、ひとり残されたんだから。だからこそ。」

酔っている彼は、本当に反論で胸いっぱいで、妻を怒りたかっただろう。そういう顔をしていた。強く信じていることを人前で否定された。でもあまりにもその言い方が優しかったので、月明かりの下の妻があまりにも白く柔らかく見えたので、黙った。

私も、竜一郎も黙った。

店のざわめきと、揺れるろうそくの炎と、波音が戻ってきた。

そしてちょうどステージにバンドがぞろぞろと戻ってきて、へたくそで大きい音の演奏が突然再開された。

すると前のほうのテーブルに坐《すわ》っていた、地元のひとたちらしい男女混じった中年の集団がこちらを向いた。そしていっせいに、

「させ子、させ子」

とさせ子コールをはじめた。

「くると思った。」

とコズミくんが言った。

「いれば必ず一曲歌わされる。近所のスターなんだ。」

「ちょっと歌ってくるわね。」

と言ってさせ子は立ち上がった。そしてゆっくりと、どうどうとテーブルの間を縫ってステージに上がった。大喝采《かっさい》と拍手に迎えられて、させ子はにっこりと笑った。

ここまでは、さっきまでの、私の知っているさせ子だった。私も、「うーん、音楽

の才能っていうのはまずこんなふうに地元の人に求められるところから自然にはじまるといいもんだなあ」なんてのんきにも思っていた。下手な演奏が奏《かな》ではじめたイントロは、どうも「ラブミー・テンダー」らしかった。させ子がハンドマイクを持った。何の気なしに竜一郎を見たら、びっくりするほどの集中の表情を浮かべていた。これはすごいことがはじまるのかも……と思ってさせ子を見たとたん、それが始まった。

その柔らかくかすれた声で奏でられる歌は、プレスリーのようでも、ましてニコラス・ケイジのようでもなくて、全くべつの歌にしか聴こえなかった。すごい声量で歌われているのに、すごく遠い、夢の中でなる鈴のように聴こえた。空間をものすごい速度で、自分の色で埋めているのだ、と思った。下世話なような、高貴なような変なようすだった。甘くて、悲しくて、二度と取り戻せないくせに、エネルギーにあふれていていつでも取り出せたり触れたりできる気がした。

周りのテーブルの人々は黙って聴きいり、踊るカップルもいた。静かに、波紋のように彼女の繰り出す何かは広がり、何もかもを呑《の》み込み、海辺へとたどり着いた……ように思えた。その時だった。背中のほう、海のほうから何か濃密な、蒸気のような空気がぐわーっと押し寄せてきたのだ。私は思わず竜一郎の腕をつかんだ。竜一郎は強くうなずいた。コズミくんはふつうの顔をしていた。

その重い空気はあっというまに私たちの間に満ち、視覚的にはうすい膜を作った。だから私の目にはさせ子が美しい噴水の向こう側にいるように見えた。揺れて、濡《ぬ》れて、透けていた。声も水分を含んだように、少しだけゆがんで届いた。私の少ない感知力ではそれだけだった。そこで曲は終わってしまいあまりにも短く感じられて、もっと聴いていたくてくやしかった。と思うと同時にあの重い空気の固まりはぱーっと霧散した。きょとんとするほど速かった。

「今の、何？　歌の力？」

私は竜一郎にたずねた。

「違うよ、海に眠るギャラリーが聴きにきたんだよ。」

彼は言った。

「本当？」

「わかんないけど……空気がゆがんだよね。」

「うん。」

私はうなずいた。でも、だとしたら昼間のように気持ち悪くならなかったのはなぜだろう？

「俺には異論が少しあるんだけど、この現象を、この夫婦はとりあえずそう解釈しているんだよ。」

コズミくんに聞こえないように竜一郎はささやいた。

音楽が変わって、陽気な速いテンポになった。させ子は踊りながら退場し、地元のおじさんに抱きつかれてキスされて、キスを返した。そしてテーブルに戻ってきた。

「どう？　私の歌。」

させ子はほほえんだ。

「何だかまだよくわからないけど、でも何だかよかったわ。」

私は言った。

「もっと、聴きたい。」

それにつきた。ほかには言葉にはできない。原始的な欲望だった。気持ちいい、いつまでもそこにとどまって感じていたい。

「うん、俺も。」

竜一郎も笑った。

「さ、歩いて帰ろう。」

させ子は言った。コズミくんは黙って立ち上がった。あまりにも静かに顔をこわばらせているので気分が悪くなったのかな、と思った。させ子が立ち上がって帰ろうとすると、みなふりむいて拍手をした。それにくっついて退場した。レジはただにしてくれた。

歩いて建物の脇《わき》を抜け、バーの裏手のホテルの入り口のところで、私たちがおやすみを言おうとふりむくと、コズミ夫妻がずいぶん後ろで立ち止まっていた。竜一郎と歩いて帰れるっていいねえ……とか話していて二人がいないのに気づかなかったのだ。

戻ってみるとコズミくんが大声でどなっていた。

「何であんなおやじといちゃついてんだよ、この淫売《いんばい》！」

あらら、と私は思った。

「何を、からんでんのよ、酔っぱらい！　私がだらしないのはしかたないわよ、どうせ育ちが育ちですからね。」

させ子もどなった。眺めながら竜一郎は意味もなく分析した。

「つまりさっきから機嫌悪いんだよな、きっかけがあってもなくてもけんかになったんだろうなあ。」

「そうね。彼、酔ってるでしょうしね。」

私は言った。

恥をかくのはいつも僕なんだ、心のせまい男ね！　しらふのときはなにも言わないくせに、いつだって好きにしてるのはお前だろう……私たちを無視してけんかは続いていた。

「止めたほうがいいかしらねえ。」

私が言うと、

「いいよ、行こう。明日には仲直りしてるだろ。」

竜一郎は言った。

「霊的に高尚なのか、普通の新婚なのか、忙しい人達ねえ。」

私は言った。歩きながら曲がり角でふりむくと、二人はまだ立ち止まってけんかしていた。

「そこが面白い人達なんだ。」

「彼女の歌、はじめて聴いた？」

「いや、昔ガラパンのカラオケバーで聴いたけど。やっぱりすごくよかったんだけど、海辺で見えないギャラリーが集まってくる模様を見たのははじめてだった。」

「あれ、何だったんだろう？」

「わからない。でも、あの人はよく海に向かって、人間相手ではないコンサートをやるそうだよ。その迫力といったらすごい、人間相手の比ではない……って、コズミが言ってた。」

「彼、奥さんを熱愛してるのね。」

「そうそう。」

「でも、あんなものはじめて聴いた。」

あれは、歌じゃない。もっと丸ごとのものだ。弟が見たり聞いたりしているものに近い。それを歌の次元に翻訳してぶつけてくるのだ。誰もが人生のどこかで見たり感じたりしたこと、その匂《にお》い、涙、生の手ざわり、触れなかった悔しさ、光と神様のこと、地獄の炎のこと。そういうことみんな。何となくすごい、ということが近所のおやじにもわかってしまうから、ああやって夫婦げんかになるのだろう。

その小さなホテルにチェックインして部屋に入った。小さなキッチンとバルコニーがついた広い部屋だった。バルコニーからは通りが見える。やっぱり映画のセットのような街並が見える。赤いソファーにすわって眺める。冷蔵庫からビールを出して飲んだ。ずっとここで暮らしてきたような錯覚をする。

竜一郎がシャワーを浴びている間に、栄子の家に電話してみたが、誰も出なかった。私もシャワーを浴びたら何だかへとへとになってしまった。「今日は疲れたね」と言いあって、ダブルベッドで何もしないでキスだけして、老夫婦のように寄り添って眠った。目ざめても彼が死んで、いなくなったりしていませんように、もしそういう日が当然のように来るとしても前もって知らせることだけはやめて下さい。と最後にお祈りをした。

（下巻につづく）

吉本ばなな著

キッチン

海燕新人文学賞受賞

淋しさと優しさの交錯の中で、世界が不思議な調和にみちている――〈世界の吉本ばなな〉のすべてはここから始まった。定本決定版！

吉本ばなな著

とかげ

私のプロポーズに対して、長い沈黙の後とかげは言った。「秘密があるの」。ゆるやかな癒しの時間が流れる6編のショート・ストーリー。

よしもとばなな著

ハゴロモ

失恋の痛みと都会の疲れを癒すべく、故郷に舞い戻ったほたる。懐かしくもいとしい人々のやさしさに包まれる――静かな回復の物語。

吉本ばなな著

うたかた
サンクチュアリ

人を好きになることはほんとうにかなしい――運命的な出会いと恋、その希望と光を瑞々しく静謐に描いた珠玉の中編二作品。

吉本ばなな著

白河夜船

夜の底でしか愛し合えない私とあなた――生きてゆくことの苦しさを「夜」に投影し、愛することのせつなさを描いた〝眠り三部作〟。

よしもとばなな著

なんくるない

どうにかなるさ、大丈夫。沖縄という場所が、人が、言葉が、声ならぬ声をかけてくる――。何かに感謝したくなる四つの滋味深い物語。

向田邦子著　**思い出トランプ**

日常生活の中で、誰もがもっている狡さや弱さ、うしろめたさを人間を愛しむ眼で巧みに捉えた、直木賞受賞作など連作13編を収録。

向田邦子著　**男どき女どき**

どんな平凡な人生にも、心さわぐ時がある。その一瞬の輝きを描く最後の小説四編に、珠玉のエッセイを加えたラスト・メッセージ集。

村上春樹著　**ねじまき鳥クロニクル**
読売文学賞受賞（1〜3）

'84年の世田谷の路地裏から'38年の満州蒙古国境、駅前のクリーニング店から意識の井戸の底まで、探索の年代記は開始される。

村上春樹著　**神の子どもたちはみな踊る**

一九九五年一月、地震はすべてを壊滅させた。そして二月、人々の内なる廃墟が静かに共振する——。深い闇の中に光を放つ六つの物語。

村上春樹著　**螢・納屋を焼く・その他の短編**

もう戻っては来ないあの時の、まなざし、語らい、想い、そして痛み。静閑なリリシズムと奇妙なユーモア感覚が交錯する短編7作。

村上春樹
安西水丸著　**夜のくもざる**
村上朝日堂超短篇小説

読者が参加する小説「ストッキング」から、全篇関西弁で書かれた「ことわざ」まで、謎とユーモアに満ちた「超短篇」小説36本。

村上春樹
安西水丸著

村上朝日堂

ビールと豆腐と引越しが好きで、蟻ととかげと毛虫が嫌い。素晴らしき春樹ワールドに水丸画伯のクールなイラストを添えたコラム集。

河合隼雄
村上春樹著

村上春樹、河合隼雄に会いにいく

アメリカ体験や家族問題、オウム事件と阪神大震災の衝撃などを深く論じながら、ポジティブな新しい生き方を探る長編対談。

江國香織著

きらきらひかる

二人は全てを許し合って結婚した、筈だった……。妻はアル中、夫はホモ。セックスレスの奇妙な新婚夫婦を軸に描く、素敵な愛の物語。

江國香織著

こうばしい日々

坪田譲治文学賞受賞

恋に遊びに、ぼくはけっこう忙しい。11歳の男の子の日常を綴った表題作など、ピュアで素敵なボーイズ&ガールズを描く中編二編。

江國香織著

つめたいよるに

愛犬の死の翌日、一人の少年と巡り合った女の子の不思議な一日を描く「デューク」、デビュー作「桃子」など、21編を収録した短編集。

江國香織著

ホリー・ガーデン

果歩と静枝は幼なじみ。二人はいつも一緒だった。30歳を目前にしたいまでも……。対照的な女性二人が織りなす、心洗われる長編小説。

江國香織著　流しのしたの骨

夜の散歩が習慣の19歳の私と、タイプの違う二人の姉、小さな弟、家族想いの両親。少し奇妙な家族の半年を描く、静かで心地よい物語。

江國香織著　すいかの匂い

バニラアイスの木べらの味、おはじきの音、すいかの匂い。無防備に心に織りこまれてしまった事ども。11人の少女の、夏の記憶の物語。

小川洋子著　薬指の標本

標本室で働くわたしが、彼にプレゼントされた靴はあまりにもぴったりで……。恋愛の痛みと恍惚を透明感漂う文章で描く珠玉の二篇。

小川洋子著　まぶた

15歳のわたしが男の部屋で感じる奇妙な視線の持ち主は？　現実と悪夢の間を揺れ動く不思議なリアリティで、読者の心をつかむ8編。

小川洋子著　海

「今は失われてしまった何か」への尽きない愛情を表す小川洋子の真髄。静謐で妖しく、ちょっと奇妙な七編。著者インタビュー併録。

角田光代著　しあわせのねだん

私たちはお金を使うとき、べつのものも確実に手に入れている。家計簿名人のカクタさんがサイフの中身を大公開してお金の謎に迫る。

新潮文庫最新刊

中山祐次郎著
救いたくない命
—俺たちは神じゃない2—

殺人犯、恩師。剣崎と松島は様々な患者を手術する。そんなある日、剣崎自身が病に倒れ——。凄腕外科医コンビの活躍を描く短編集。

山本文緒著
無人島のふたり
—120日以上生きなくちゃ日記—

膵臓がんで余命宣告を受けた私は、残された日々を書き残すことに決めた。58歳で逝去した著者が最期まで綴り続けたメッセージ。

貫井徳郎著
邯鄲の島遥かなり（上）

神生島にイチマツが帰ってきた。その美貌に魅せられた女たちは次々にイチマツと契り、子を生《な》す。島に生きた一族を描く大河小説。

サリンジャー
金原瑞人訳
このサンドイッチ、マヨネーズ忘れてる ハプワース16、1924年

鬼才サリンジャーが長い沈黙に入る前に発表し、単行本に収録しなかった最後の作品を含む、もうひとつの「ナイン・ストーリーズ」。

仁志耕一郎著
花と茨
—七代目市川團十郎—

破天荒にしか生きられなかった役者の粋、歌舞伎の心。天才肌の七代目は大名跡の重責を担って生きた。初めて描く感動の時代小説。

企画・デザイン
大貫卓也
マイブック
—2025年の記録—

これは日付と曜日が入っているだけの真っ白い本。著者は「あなた」。2025年の出来事を綴り、オリジナルの一冊を作りませんか？

アムリタ(上)

新潮文庫　よ - 18 - 3

平成十四年十月一日発行
令和六年十月十五日十四刷

著者　吉《よし》本《もと》ばなな

発行者　佐藤隆信

発行所　株式会社新潮社

郵便番号　一六二—八七一一
東京都新宿区矢来町七一
電話　編集部(〇三)三二六六—五四四〇
　　　読者係(〇三)三二六六—五一一一
https://www.shinchosha.co.jp

価格はカバーに表示してあります。

乱丁・落丁本は、ご面倒ですが小社読者係宛ご送付ください。送料小社負担にてお取替えいたします。

印刷・株式会社精興社　製本・加藤製本株式会社

ISBN978-4-10-135914-4 C0193